孤独是
灵魂的必修课

毕淑敏 ////////// 著

毕淑敏

朗读者

北京联合出版公司
Beijing United Publishing Co.,Ltd.

优等的心，不
必华丽，
但必须坚固。

毕淑敏

BI
SHU
MIN

目　录

Contents

造心

蜜蜂会造蜂巢，蚂蚁会造蚁穴，人会造房屋、机器，造美丽的艺术品和动听的歌。但是，对于我们最重要、最宝贵的东西——自己的心，谁是它的建造者？

孔雀绚丽的羽毛，是大自然物竞天择造出。白杨笔直刺向碧宇，是密集的群体和高远的阳光造出。清香的花草和缤纷的落英，是植物吸引异性繁衍后代的本能造出。卓尔不群、坚忍顽强的性格，是禀赋的优异和生活的历练造出。

我们的心，是长久地、不知不觉地以自己的双手，塑造而成。

造心先得有材料。有的心是用钢铁造的，沉黑无比。有的心是用冰雪造的，高洁酷寒。有的心是用丝绸造的，柔滑飘逸。有的心是用玻璃造的，晶莹脆薄。有的心是用竹子造的，锋利多刺。有的心是用木头造的，安稳麻木。有的心是用红土造的，粗糙朴素。有的心是用黄连造的，苦楚不堪。有的心是用垃圾造的，面目可憎。有的心是用谎言造的，百孔千疮。有的心是用尸骸造的，腐恶熏天。有的心是用眼镜蛇唾液造的，剧毒凶残。

造心要有手艺。一只灵巧的心，缝制得如同金丝荷包。一罐古朴的心，淳厚得好似百年老酒。一枚机敏的心，感应快捷，电光石火。一颗潦草的心，门可罗雀，疏可走马。一摊胡乱堆就的心，乏善可陈，杂乱无章。一片编织荆棘的心，暗设机关，处处陷阱。一道半是细腻半是马虎的心，好似白蚁蛀咬的断堤。一朵绣花枕头内里虚空的心，是假冒伪劣心界的水货。

造心需要时间。少则一分一秒，多则一世一生。片刻而成的大智大勇之心，未必就不玲珑。久拖不决的谨小慎微之心，未必就很精致。有的人，小小年纪，就竣工一颗完整坚实之心。有的人，须发皆白，还在心的地基挖土打桩。有的人，半途而废，不了了之，把半成品的心扔在荒野。有的人，成百里半九十，丢下不曾结尾的工程。有的人，精雕细刻一辈子，临终还在打磨心的剔透。有的人，粗制滥造一辈子，人未远行，心已灶冷坑灰。

心的边疆，可以造得很大很大。像延展性最好的金箔，铺设整个宇宙，把日月包涵。没有一片乌云，可以覆盖心灵辽阔的疆域。没有哪次地震火山，

可以彻底颠覆心灵的宏伟建筑。没有任何风暴，可以冻结心灵深处喷涌的温泉。没有某种天灾人祸，可以在秋天，让心的田野颗粒无收。

心的规模，也可能缩得很小很小，只能容纳一个家，一个人，一粒芝麻，一滴病毒。一丝雨，就把它淹没了。一缕风，就把它粉碎了。一句流言，就让它痛不欲生。一个阴谋，就置它于万劫不复。

心可以很硬，超过人世间已知的任何一种金属。心可以很软，如泣如诉，如绢如帛。心可以很韧，千百次的折损委屈，依旧平整如初。心可以很脆，一个不小心，顿时香消玉碎。

造心的时候，可以有很多讲究和设计。

比如预埋下一处心灵的生长点，像一株植物，具有自动修复、自我养护的神奇功能。心受了创伤，它会挺身而出，引导心的休养生息，在最短的时间内，使心整旧如新。

比如高高竖起心灵的避雷针，以便在危急时刻，将毁灭性的灾难导入地下，耐心等待雨过天晴。

比如添加防震防爆的性能，在心灵遭受短时间高强度的残酷打击下，举重若轻，镇定地维持蓬勃稳定。

比如……

优等的心，不必华丽，但必须坚固。因为人生有太多的压榨和当头一击，会与独行的心灵，在暗夜狭路相逢。如果没有精心的特别设计，简陋的心，很易横遭伤害，一蹶不振，也许从此破罐破摔，再无生机。没有自我康复本领的心灵，是不设防的大门。一汪小伤，便漏尽全身膏血。一星火药，便烧毁绵延的城堡。

心为血之海，那里汇聚着每个人的品格、智慧、精力、情操，心的质量就是人的质量。有一颗仁慈之心，会爱世界爱人爱生活，爱自身也爱大家。有一颗自强之心，会勤学苦练，百折不挠，宠辱不惊，大智若愚。有一颗尊严之心，会珍惜自然，善待万物。有一颗流量充沛、羽翼丰满的心，会乘上幻想的航天飞机，抚摸月亮的肩膀。

造心是一项艰难漫长的工程，工期也许耗时一生。通常是母亲的手，在最初心灵的模型上，留下永不消退的指纹。所以普天下为人父母者，要珍视这一份特别庄重的义务与责任。

当以我手塑我心的时候，一定要找好样板，郑重设计，万不可草率行事。造心当然免不了失败，也很可能会推倒重来。不必气馁，但也不可过于大意。因为心灵的本质，是一种缓慢而精细的物体，太多的揉搓，会破坏它的灵性与感动。

造好的心，如同造好的船。当它下水远航时，白云在头上飘荡，海鸥在前面飞翔，那是一个神圣的时刻。会有台风，会有巨涛。但一颗美好的心，即使巨轮沉没，它的颗粒也会在海浪中，无畏而快乐地燃烧。

优等的心，不必华丽，
但必须坚固。

暴雨筛

南方的女友讲过这样一个故事。

她说，我三十五岁的时候，考上了一所夜大。每天下班后，要穿越五条街道去读书。一天傍晚，台风突然来了，暴雨像牛仔的皮带一样宽，翻卷着抽打天地。老师还会不会上课呢？我拿不准。那时，电话还不普及，打探不到确实的消息。考虑了片刻，我穿上雨衣，又撑开一把伞，双重保险，冲出屋门。风雨中，伞立刻被劈开，成了几块碎布。雨衣阴险地背叛了我，胀鼓如帆，拼命要裹挟我去云中。我只有扔了雨衣，连滚带爬。渺无人迹的城市中，我惊惶地想到，是不是只有我一个人这样傻？也许今天根本就不上课。

我迟疑了片刻，但咬紧牙，继续向前。好不容易到了学校，贴身的衣服已像海带一般冷硬，牙齿像上了发条似的打战。没想到看门的老人说，从老师到学生，除了你，没有一个人来！

那一瞬，我非常绝望。不单是极端的辛苦化为泡沫，更有无穷的委屈和沮丧。

老人看我失魂落魄的样子，让我进他的小屋歇口气。喝着他沏的热茶，我心灰意懒。伴着窗外瀑布般的水龙，老人缓缓地说，你以后会有大出息。我说，我是一个大傻瓜啊。

他说，所有学生里，只有你一个人来上学了。看，暴雨是一个筛子。胆小的、思前想后的，都被它筛了下去，留下了最有胆量和最不怕吃苦的人。

那一瞬，好似空中打了一个闪电，我的心被照得雪亮。也许我不是三千学生当中最聪明的，但今晚的暴雨，让我知道了，我是三千学生中最有胆量和毅力的人。

从那以后，我就多了自信。你晓得，天地万物都会来帮助一个自信的人。所以，我就一步步地有了今天的成功。

我说，那位老人是你人生最重要的导师之一啊。

天地万物都会来
帮助一个自信的人。

风的青睐

400 年前的法国人蒙田，说过这样一句话——风不会对漫无目的的者有所青睐……青睐是指一个人用黑眼珠子看着你。这是一句反话，意思是假如你有了坚定的目的，整个大自然将帮助你。

风是什么呢？风是一股看不见，摸不着的力量。风吹的时候，影响着我们，逆风或是顺风，对我们的速度和方向都强有力地制约着。就连飞机的钢铁巨翅，也不敢对风等闲视之。

人生的目的很重要。这个目的，是谁给我们预定的呢？没有人。你的父母、你的师长、你的朋友，都可能参与你的目的的制定，但他们不是决定的力量。最后的赞成或是否决票，在你手里。如果你对自己说，我才不要什么人生的目的这种奇怪的东西，那么，你也是有一个目的了，那就是“虚无”。

一个没有方向感的人，如何行走呢？看看醉汉就明白了。踉踉跄跄，东倒西歪，昏乱地嘟囔着，没有人知道他要到哪里去，更不知道他的归宿在何方……这种精神的吉卜赛人，终生流浪在灵魂的荒原。

还有一些人，把某种流行的腐朽说法或是沉沦的误区，当成了自己的目的。这种镜花水月的伪目的，只能引诱感官的沉没和本能的麻痹。

目的的特征：通常是阔大的、依稀的，但它确实存在着，一如晨曦。你从未摸到晨曦，但你每天都可以看到它。即使乌云蔽日的时候，你也坚忍不拔地确信，在高远之处，晨曦依然发出红色温暖的光芒。

一个有目的的人，走路的姿势是向前的。他们通常不会在跌倒之后，太久地抚摸伤痛，短暂的昏厥之后迅速地清醒，用身边的树枝或是草叶，捆扎好伤口，蹒跚着上路了。他们走得慢，但很坚定，不会因为风险而避开既定的方向，也不会为路边一些小的花果而长时间流连忘返。当然也有痴迷和混沌的时候，但他们能够重新恢复思考的冷静，从容向前……

风的青睐，是无价的礼物。只要你坚定地确立了自己的目标，努力下去，就会发现天地万物都来帮你了。

风不会对漫无目的者
有所青睐。

溪水金沙

人的天性如溪水，学习的本能就是金沙。它们潜伏在水中，浪花翻溅时一眼看不到它的颗粒，但因了它们的存在，水变得更有分量和价值。

我相信那些不含有金沙的小溪已经干涸，因为人类生存的环境曾经并且还将是刺骨险恶，你一个人的经历是不丰富的，你同时代的借鉴是不全面的，你一个行业的规则是不完整的……如果不爱学习、不善于学习、不坚持学习的话，就会被层出不穷的打击和灾变来征伐与掩埋，这个人的遗传基因就昙花一现地湮灭了。

所以，乐观地说，我们每个人都是那些爱学习的人的后代，唯有这项潜藏在血液中的专擅，令我们比所有的动物都更繁荣递进。

学习是有很多种方法的，比如抬头望天，你可以学到星空的叙事是无与伦比的宏大，滋生出的渺小和畏惧感让你一生警醒、谦逊。比如低头俯地，你可以窥到万物葱茏、物竞天择、优胜劣汰、残酷、公平，激发出的紧迫和危机感让你不敢有一刻懈怠与放松。比如听妈妈讲过去的事情，你会生出无限的柔情，不但绕指，更是绕心。比如看风光大片、科幻影像，你会惊骇莫名，有一种充满未知的狂喜和震撼……

然而，我以为最好的学习还是阅读。

首先我们要感谢文字，因为有了文字，我们的情感血脉才有了附着的骨骼，我们的理论枝蔓才有了攀缘的篱笆，我们的科技成果才有了传袭的衣钵，我们的历史才有了一面面古镜矗立照耀。

时代进步，从布帛竹简到计算机液晶屏，书写变得越来越快，阅读变得越来越方便了。记得我小时候，看一本长篇小说要个把星期，那还算快的呢！借书给朋友，不过百八十页，半个月后要她还，她说，这才几天啊你就催，我还没看完呢，小气呀小气！

读书，一种是技艺之书，讲的是各行各业的特殊规则；还有一种是普遍的知识，比如文史哲。读行业之书的人多，读普遍知识的人少。有一年我到国内著名的一所医科大学授课，我说，你们这些未来中国最杰出的医生，有谁读过《红字》？有谁读过《罪与罚》？请举手。台下抬臂者寥寥。在感谢了这些博士生的诚实之后，我深表遗憾。一个医生，除了读医书以外，也要读艺术。因为你面对的不是一只装满了病痛脓血的破罐子，而是一个活生生的人。死生契阔啊，他们在最悲苦无助的时候和你狭路相逢，你要医治他，不仅仅是凭着你的精湛医术，而且要凭着你强大的人格和综合的力量。如果你想当一个名医而非庸医，请在读医书的同时也展读人文科学方面的书籍。提高了你的素养，是你的福气，是你爹妈、妻子、丈夫、孩子的福气，同时也造福了你的病患。

我相信，一个读过很多专业以外书籍的建筑师盖出的楼房一定更漂亮和更实用。我相信，一个读过很多专业以外书籍的学者，授课传业的时候一定更风趣，更幽默，更旁征博引、口吐莲花。我相信，一个读过很多专业以外书籍的科学家，提出的设想和理论一定更曲径通幽、独树一帜。我相信，一个读过很多专业以外书籍的管理者，企业一定更具活力和创新精神。

我们曾经有过阅读备感艰难的时代。高玉宝的《我要读书》就是明证。那时候的无法阅读，是因为贫困和压迫。后来又有过对知识的蔑视，阅读也被视为通向反动的阶梯。我上初中一年级的时候，正逢“文化大革命”。学校停课闹革命，图书馆也关闭了，任何人不得进入。得知可以不再读书的第一天，心情像焰火一样蓬松、绚烂。但日子一天天驰去，牙口徒长，知识却永远停留在十三岁的水平，那种渐进式的痛楚巨蚕噬桑般把意志镂空。后来，图书馆开了一道小小的门缝，说是可以借阅“毒草”了，代价是你看完一本之后要交出一篇大批判文章。还书的时候，批判稿须一并附上，如果审查合格，就可以继续借阅；如果你敷衍了事或者干脆交不出批判文章，便永久取消你的借阅资格。

大家蜂拥去借书。但几轮之下，就门可罗雀了。规则严苛，审查文稿者声色俱厉，拥有借阅资格的人越来越少。我面临一个悖论。我喜爱“毒草”的芬芳，可我不得不批判它们。为了能继续阅读，只有口是心非。记得我曾面对苍穹向大师们祷告，说，你们既然能创造出那么多心境复杂的人物，一定也能体谅一个中国女孩此时的难处，为了能亲近你们，就原谅我说你们的一点点坏话吧，请不要生气……

现如今，很多人不再贫穷，也没有人压制阅读，可时间成了瓶颈，很多人苦恼的是总也找不到空闲来阅读。

那是因为有太多的诱惑。

阅读是没有香氛的，于是抵不过餐桌的美味。阅读是孤独的，于是没有觥筹交错的热闹。阅读是伴有思考和停顿的，于是没有游戏般的顺畅和惬意。阅读甚至是充满碰撞和痛楚的，因为有忏悔的顾盼和掘进的深入。

但是，优秀的阅读是有力量的，因为在阅读的时候，你不是一个人，而是和古今中外的先驱者们并行。

优秀的阅读是有力量的，
因为在阅读的时候，
你不是一个人，
而是和古今中外的先驱者们并行。

第二志愿

人们常常把所有的注意力，都集中在第一志愿上。这些年，随着考试严酷性的不断升级，关于填报志愿的说法也越来越霸道了——那就是，全力以赴关注你的第一志愿。某些大学的录取人员公开宣布，我们是不会录取第二志愿的学生的。因为你的热爱不够专一，录来也学不好的。

高考形势特殊，僧多粥少，对于学校的取舍，旁人不好议论是非。但我以为，如果把高考报志愿的经验推而广之，把第一志愿至上，扩展成人生选择的一大信条，就有商榷的必要了。

人生的选择绝少是唯一的。

听一位美国心理学家的讲座，谈到男女青年挑选恋爱对象时，他说，如果你在读大学的时候，一眼扫去，本班级上的异性，有三分之一以上可以成为你的配偶候选人，那么……

讲到这里，说是悬念也好，说是征询民意也好，他成心留出一个长长的停顿，用苍蓝色的眼珠扫视全场。台下发出汹涌的低语声，均说：“那他就是一个神经病！”

异国的心理学家耸耸肩膀说：“喏！那他或她，就是一个心理健康的人。”

这观点有点好玩，也有点耸人听闻，是不是？当然，他指的寻找伴侣，是在大学校园内，智商和背景有大的相仿，并不能波及整个社会，说某个男人觉得与世上三分之一的女人都可成眷属，才属正常。

但这一论点也可以说明，既然结为夫妻这样严重的问题，都不妨有一手或是几手打算，那么，在其他场合的选择，当有更大的弹性。

当孤注一掷地把自己的命运押在某个“唯一”头上的时候，我们实际上处于自我封闭和焦灼无序的状态。内心流淌的是自卑和虚弱。以为只有这狭窄的途径，才是抵达目的地的独木桥，无法设想在另外的情形下，还有道路尚可通行。某些人的信念虽执着但脆弱，难以容忍自己的不成功。由于太惧怕失败的阴影了，拒绝想象除胜利以外，事态还同时存有一千种以上暗淡的可能。他们能够采取的自卫措施，就是放下眼帘。以为只要不去想，不良的结果就可能像鬼魅，只能在暗夜中游走，不会真的在太阳下现身。

于是每当选择的关头，我们可以看到那么多人鸵鸟似的奋不顾身、色厉内荏地跑跳着，到了没有退路的时候，就把小小的脑袋埋入沙荒。他们并不仅仅骗别人，首先的和更重要的，是用这种虚张的气势，为自己打气加力。他们拒不考虑第二志愿，觉着给自己留了退路，就是懦夫和逃兵，甚至以为那是一个不祥的兆头，好像夜啼的猫头鹰，早早赶走方平安。他们竭力不去前瞻那潜伏着的败笔和危险，好像不带粮草就杀入沙漠的孤军。即使为了应付局面多做准备，也是马马虎虎、潦潦草草，虚与委蛇地写下第二、第三志愿……不走脑子，秋水无痕。不敢一针见血地问自己，假若第一志愿失守，能否依旧从容微笑?

可惜世上的事情，不如愿者十之八九。当冰冷的结局出现时，很多人就像遇到雪崩的攀缘者，一落千丈。

此刻，你以前不经意间随手填写的第二志愿，就像保险绳一样，在你下坠的过程中，有力地拽住了你，还你一方风景。

惊魂未定的你，此时心中百感交集。被第一志愿抛弃的巨大失落，使你百骸俱软，无暇顾及和珍视第二志愿的援手。你垂头丧气地望着崖下，第一志愿的游魂还在碎石中闪着虚光。有人恨不能纵身一跳，以七尺之躯殉了那

未竟的理想。即便被亲人和世俗的利害劝得暂且委曲求全，那心中的苦郁悲凉，也经久不散。

第二志愿如同灰姑娘，龟缩在角落里，打扫尘埃，收拾残局，等待那不知何日才能莅临的金马车。

其实人的才能是多方面的，守节般地效忠第一志愿，愚蠢不说，更是浪费。候鸟是在不断迁徙当中，寻找自己的最佳栖息地，并在长途艰苦的跋涉中，锻炼了羽翼。在屋檐下盘旋的鸟，除了麻雀，还能想出谁？

寻找第二志愿的过程，实质上是对自己的一次再发现。除了那最突出、最显著的特点之外，我还有什么优长之处？第一志愿和第二志愿之间，可否像两位相得益彰的前锋，交互支援？我还有哪些潜藏着的特质，有待发掘和培养？平日疏忽的爱好，也许可在失落中渐渐显影？

第二志愿的考虑和填写，也许比第一志愿更取舍艰难。惟妙惟肖地预想失败，直面败后的残局和补救措施，绝非乐事，但却必须尝试着在出征前就布置退却和迂回的路线，并在这种惨淡经营的设计当中，规划自己再一次崛起的蓝图，这是一种经验，更是勇气。

也许是因为害怕面对这种挫折的演习，有人敷衍了事般地拟下第二志愿，并不曾经历大脑深远的思考。他们以为这是勇往直前、背水一战的魄力，殊不知暴露的只是自己乏于坚忍和气血两虚。

不可搪塞第二志愿。它依旧是人生重要的选择，是你面对逆境的备份文件。它是进可以攻、退可以守的支撑点，它是无惧无悔的屏障，它是一个终结和起跑的双重底线。

或许有人以为，有了第二志愿、第三志愿……人就易颓败，不进取。这是一个谬论。亡命之徒不可取，它使人铤而走险，一旦失利，便是绝望与死寂。不妨想想杂技演员。有了保险绳的时候，他们的表演会无后顾之忧，更精妙绝伦。

在填写第一志愿的时候，把其后的每一个志愿也都认真地考虑，这是人生不屈不挠的法门之一。

当孤注一掷地把自己的命运
押在某个『唯一』头上的时候，
我们实际上处于自我封闭
和焦灼无序的状态。

看着别人的眼睛

很小的时候，如果我有了过失、说了谎话，又不愿承认的时候，妈妈就会说：看着我的眼睛。如果我襟怀坦荡，我就敢看着她的眼睛，否则就只有羞愧地低头。

从此，我面对别人的时候，看着他的眼睛。

当我失败的时候，看着亲人的眼睛，我无地自容。但悲伤会使我的眼睛噙满泪水，却不会使我闭上眼睛。看着批评我的目光，我会激起正视缺点的勇气与信念。我会仔细回顾我走过的路，看看自己是怎样跌倒的，今后避开同样的危险。

当我得到表扬的时候，我也快乐地注视着别人的眼睛。我不喜欢假装谦虚把睫毛深深地垂下，一个人回到僻静处悄悄地乐。我愿意把心中的喜悦像满桶的水一样溢出来，让我的朋友们分享。在我的亲人、我的朋友的眼睛里，我读出他们的快活和对我更高的希冀。表扬不但没有使我忘乎所以，反倒使我感到肩上的担子更加沉重。成功好比是一座小山，一个准备走很远的路的旅人，站得高了，才会看到目的地的篝火。他会加快自己的脚步。

当我面对陌生人的时候，我会格外注视他的眼睛。眼睛是心灵的窗户，这已经是被说腻了的古话，可我要说，眼睛不仅仅是窗户，它还是心灵的家。假如陌生人的目光坦诚而友好，我会向他伸出我的手。假如陌生人的目光犹疑而彷徨，我会断定他是一个没有主见的人，不能与他成为朋友。假如陌生人的目光躲闪而阴暗，我会退避三舍，在心里敲起警钟。假如陌生人的目光孤苦无告，我会愿意提供力所能及的帮助。

当我面对熟识的人的时候，我会观察他的眼睛有没有变化。岁月会改变一个人的眼光，就像油漆的家具会变色一样。但是有些老朋友的眼光是不会变的，像最清澈的水晶，晶莹一生。但他们的眼睛会随着喜怒哀乐变换颜色，作为朋友，我愿与他们分担。假如他们悲哀，我愿为他们宽心。假如他们喜悦，我愿与他们分享。假如他们焦虑，我愿出谋划策。假如他们忧郁，我愿陪着他们沿着静静的小河走很远很远。

当我独自一人面对镜子的时候，我严格地审视自己的眼睛。它是否还保持着童年人的纯真与善良？它是否还凝聚着少年人的敏锐与蓬勃？它在历尽沧桑以后，是否还向往人世间的真善美？面对今后岁月的风霜雨雪，它是否依旧满怀勇气与希望？

当我面对森林的时候，我注视着森林的眼睛。它就是树干上斑驳的年轮和随风摇曳的无数嫩叶。它们既苍老又年轻，流露出大自然无限的生机。

当我在月夜里面对星空的时候，我注视着宇宙的眼睛。那是苍穹无数的星辰。天是那样幽蓝而辽阔，周围是那样静寂而悠远。作为一个单独的人，我们是多么渺小啊！但正是看似微不足道的人类，开始了征服宇宙的长征。在这个意义上，人类有时那样伟大而悲壮。每一个孤立的人，都像小星星一样微弱，但集结起来，就可以给迷途的人指引方向，就可以在黑暗中放出光明。

我注视着滔滔的流水，浪花就是它的眼睛。生命在于运动，假如大海没有了波涛，就结束了它浩瀚博大的使命，大海就瞎了，成为死水一潭，再也不能负载舟楫远航，再也不能任海鸥翱翔，再也不能繁养无数的水族，再也不能驮着我们在海滩上嬉戏……

世界上所有的生灵都有它们的眼睛，就看你用不用心寻找，就看你有没有勇气和它对视。

当我刚刚开始学习注视别人的眼睛的时候，心中很有些不安。我觉得自己是个小小的孩童，我怎么敢看着别人的眼睛？那不是太不尊敬人了吗？我对妈妈讲了我的顾虑。她笑了，说，那你明天试着看看老师的眼睛。

第二天，在课堂上，我开始注视着老师的眼睛。好怪啊，老师好像专门给我一个人讲课似的。我的思考紧紧地跟随老师的讲解，在知识的密林里寻觅。当讲到重要的地方，我看到老师的眼睛里冒出精彩的火花，我知道自己一定要记住它。当老师的眼光像湖水一样平静的时候，我知道这只需要一般掌握。当我在读老师的眼睛的时候，老师也在读我的眼睛。假如我显现出迷惘与困惑，老师就会停下他讲解的步伐，在原地连兜几个圈子，直到我的目光重又明亮如洗。假如我调皮地向他眨眨眼睛，他会突然把讲了一半的话咽进嘴里。他知道我已心领神会，可以继续向下讲了。

我这才知道，眼睛对眼睛，是可以说话的。它们进行无声的交流，在这种通行的世界语里，容不得谎言，用不着翻译。它们比嘴巴更真实地反映出一个人隐秘的内心世界。

随着年龄的增长，我明白了注视着别人的眼睛是一种郑重，是一种尊敬，是一种信任，是一种坦诚。

当然了，这种注视不是死瞪瞪地盯着人家看，那样可真有点儿傻乎乎并且不文雅了。注视的目光应该是宁静而安然的，好像是我们在晴朗的天气眺望远处的青山。

如果我听懂了他的话，我会轻轻地点头。如果我需要他详细解说，我会用目光传达出这种请求。

注视着别人的眼睛，也给自己提出了更高的要求。

当我注视着别人的眼睛说“谢谢你”的时候，我必须发自内心地真诚。

当我注视着别人的眼睛说“对不起”的时候，我必须传递由衷的歉意。

当我注视着别人的眼睛说“我能把这件事做好”时，我一定要有“下一个必胜”的信心。

当我注视着别人的眼睛说“请相信我”时，我觉得自己陡然间增长了才干和胆魄。

医学家证明，人在说谎的时候，无论他多么老辣，他的眼睛都会泄露他的秘密。他的瞳孔会扩散变大，他的视线会游移，眼睑也会不由自主地下垂。

为了我们能够勇敢地注视别人的眼睛并且不怕被别人注视，让我们做一个襟怀坦荡、心灵像水晶般透明的人。

世界上所有的生灵
都有它们的眼睛，
就看你用不用心寻找，
就看你有没有勇气和它对视。

自信第一课

1972年的一天，领导通知我速去乌鲁木齐报到，新疆军区军医学校在停顿若干年后这一年第一次招生，只分给阿里军分区一个名额，首长经过研究讨论决定让我去。

按理说，我听到这个消息应该喜出望外才是。且不说我能回到平地，吸足充分的氧气，让自己被紫外线晒成棕褐色的脸庞得到“休养生息”，就是从学习的角度讲，“重男轻女”的部队能够把这样宝贵的唯一的名额分到我头上，也是天大的恩惠了。但是在记忆中，我似乎对此无动于衷，也许是雪山缺氧把大脑冻得迟钝了。我收拾起自己简单的行李，从雪山走下来，奔赴乌鲁木齐。

1969年，我从北京到西藏当兵，那种中心和边陲的，文明和旷野的，优裕和茹毛饮血的，平地和高地的，温暖和酷寒的，五颜六色和纯白的……一系列剧烈反差让我的心发生了沧海桑田般的变化。面临死亡咫尺之遥，面对冰雪整整三年，我再也不是当初那个天真烂漫的城市女孩，内心已变得如同喜马拉雅山万古不化的寒冰般苍老。我不会为了什么突发事件和急剧的变革而大喜大悲，只会淡然承受。

入学后，从基础课讲起，用的是第二军医大学的教材，教员由本校的老师和新疆军区总医院临床各科的主任、新疆医学院的教授担任。记得有一次，考临床病例的诊断和分析，要学员提出相应的治疗方案。那是一个不复杂的病案，大致的病情是由病毒引起重度上呼吸道感染，病人发烧、流涕、咳嗽，血象低，还伴有一些阳性体征。我提出方案的时候，除了采用常规的治疗外，还加用了抗生素。

讲评的时候，执教的老先生说："凡是在治疗方案里使用了抗生素的同学都要扣分。因为这是一个病毒感染的病例，抗生素是无效的。如果使用了，一是浪费，二是造成抗药，三是无指征滥用，四是表明医生对自己的诊断不自信，一味追求保险系数……"老先生发了一通火，走了。

后来，我找到负责教务的老师，讲了课上的情况，对他说："我就是在方案中用了抗生素的学员。我认为那位老先生的讲评有不完全的地方，我觉得冤枉。"

教务老师说：“讲评的老先生是新疆最著名医院的内科主任，在国民党的军队里做过很高的医官，他的医术在整个新疆是首屈一指的，把这位老先生请来给你们讲课，校方已冒了很大的风险。他是权威，讲得很有道理。你有什么不服的呢？”

我说：“我知道老先生很棒。但是具体问题要具体分析。他提出的这个病例并没有说出就诊所在的地理位置。比如要是在我的部队，在海拔 5000 米以上的高原，病员出现高烧等一系列症状，明知是病毒感染，一般的抗生素无效，我也要大剂量使用。因为高原气候恶劣，病员的抵抗力大幅度下降，很可能合并细菌感染。如果到了临床上出现明确的感染征象时才开始使用抗生素，那就晚了，来不及了。病员的生命已受到严重威胁……”

教务老师沉默不语。最后，他说：“我可以把你的意见转告给老先生，但是，你的分数不能改。”

我说：“分数并不重要。您听我讲完了看法，我已知足了。”

教室的门开了，校工闪了进来，搬进来一把木椅子摆在讲案旁，且侧放。我们知道，老先生又要来了。也许是年事已高，也许是习惯，总之，老先生讲课的时候是坐着的，而且要侧着坐，面孔永远不面向学生，只是对着有门或有窗的墙壁。不知道他这是积习，还是不屑于面对我们，或是有什么难言之隐。

这一次，老先生反常地站着。他满头白发，面容黢黑如铁，身板挺直如笔管，让我笃信了他曾是国民党医官一说。

老先生目光如锥，直视大家，音量不大，但在江南口音中运了力道，话语中就有种清晰的硬度了。他说：“听说有人对我的讲评有意见，好像是一个叫毕淑敏的同学。这位同学，你能不能站起来，让我这个当老师的也认识你一下？”

我只有站起来。

老先生很注意地看了我一眼，说：“好。毕淑敏，我认识你了，你可以坐下了。”

说实话，那几秒钟真把我吓坏了。不过，有什么办法呢？说出的话就像注射到肌肉里的药水一样，是没办法抠出来的。

全班寂静无声。

老先生说：“毕淑敏，谢谢你。你是好学生，你讲得很好。你的话里有一部分不是从我这儿学到的，因为我还没有来得及教给你那么多。是的，作为一个好的医生，一定不能全搬书本，一定不能教条，要根据具体的情况决定治疗方案。在这一点上，你们要记住，无论多么好的老师，也不可能把所有的规则都教给你们。我没有去过毕淑敏所在的那个5000米高的阿里，但是我知道缺氧对人的影响。在那种情况下，她主张使用抗生素是完全正确的。我要把她的分数改过来……”

我听到教室里响起一阵轻微的欢呼声。因为写了抗生素治疗的不仅我一个，很多同学都为这一改正而欢欣。

老先生紧接着说：“但在全班，我只改毕淑敏一个人的分数。你们有人和她写的一样，还是要被扣分。因为你们没有说出她那番道理，是知其然而不知其所以然。你现在再找我说也不管事了，即使你是冤枉的也不能改。因为就算你原来想到了，但对上级医生的错误没敢指出来。对年轻的医生来说，忠诚于病情和病人，比忠实于导师要重要得多。必要的时候，你宁可得罪你的上司，也万万不能得罪你的病人……”

这席话掷地有声。事过这么多年，我仍旧能够清晰地记得老先生如锥的目光和舒缓但铿锵有力的语调。平心而论，他出的那道题目是要求给出在常规情形下的治疗方案，而我竟从某个特殊的地理环境出发，并苛求于他。对一个初出茅庐的年轻人的不够全面的异议，老先生表现出了虚怀若谷的气量和真正的医生应有的磊落品格。

真的，那个分数对我来说完全不重要，重要的是我在此番高屋建瓴的话语中悟察到了一个优等医生的拳拳之心。

我甚至有时想，班上同学应该很感激我的挑战才对。因为没过多长时间，老先生就因为身体的关系不再给我们讲课了。如果不是我无意中创造了这个机会，我和同学们的人生就会残缺一段非常宝贵的教诲。

我的三年习医生涯，在我的生命中是一个重大的转折。我从生理上洞察人体，也从精神上对自己有了更多的信任。我知道了我们的灵魂居住在怎样的一团组织之中，也知道了它们的寿命和局限。如果说在阿里的时候我对生命还是模模糊糊的敬畏，那么，老师的教诲使我确立了这样的观念：一生珍爱自身，并把他人的生命看得如珠似宝，全力保卫这宝贵而脆弱的珍品。

我知道了我们的灵魂
居住在怎样的一团组织之中，
也知道了它们的寿命和局限。

苍凉的生命

面对荒凉的山口，孤独的废墟和沙暴盘旋出的昏暗，她第一次懂得了什么叫作博大和苍老，懂得了一个古老的民族被消失的辉煌和重新崛长的祈望。

群山在壮丽的阳光和湛蓝的天幕下沸腾，每一块岩石和每一朵冰雪，都固执地保持着它们凝固时的模样。极端的严寒，极端的缺氧，极端强烈的紫外线，极端艰苦的跋涉……她的眼泪在某一处悬崖上，凝成了椭圆形的冰粒，至今还悬挂在海拔 6000 米的峭壁上……然而，苍穹和高原，是她终生眷恋的诲人不倦的尊者，它们哺给她短暂的生命和宇宙的无涯。

当一个十七岁的少女，几乎在一无所知的情况下，告别了北京——这个当时中国内地最先进和繁荣的城市，跋涉万里，到达了青藏高原最边塞和最险恶的山峦之中，她所感到的恐惧和震惊，她所经历的心理跌宕和起伏，即使在三十年之后的今天，每于暗夜中想起，也常常不寒而栗。

十一年后，她从西藏回来了。回到她自幼生活的城市，回到她的亲人和朋友中间。她觉得自己有一种分裂之感，有时会在安逸温暖的家中，突然不知自己身在何方。在那一瞬，她灵魂出窍，思绪如烟，飘到九霄云外。

她的神魄又回到雪山上去了。在那个特定的时期，在那个遥远的高耸的地方，发生了一些事情。它们被呼啸的风雪掩埋，成为冰的木乃伊。如果没有人提起，注定永远无人知道。这个当年的女生，现在已经不年轻的女人，经历了这些事情。它们在她的血液中游走着，带着尖锐的冰凌，拒绝融化。她的脑子也因为缺氧，发生了一些不妙的变化。那些记忆绞缠在一起，编成了一条鞭子，在催促着她，做些什么。

于是，她开始尝试着写作。她是一名医生，给人开药方是很内行的，甚至可以说是个受人尊敬的好医生，可是，写作完全是门外汉。好在她还算勇敢，心想，常用汉字就那么几千个，我都会写（当然，有时也有错别字，但大的意思还是有把握的）。只要能把所思所想所感所悟写出来，对得起那段岁月，即可。

她就在一个平平常常的傍晚开始了写作。她写得很快，因为都是自己熟悉的事和人。他们在她的文字中说笑行走，哭泣和攀登。她所要做的事，就是把他们大体记录下来。所以，她觉得写作的过程不像有人说的那样苦，倒像是被一根魔棒击中，时光倒转，一下子回到了从前……她要感谢写作这根魔棒才对。当她把生平第一部中篇小说写完，她很高兴，觉得把一笔对于雪山的债还了。

小说没有名字。她想，故事是发生在昆仑山的，所以，在名字里一定要有“昆仑”两个字。这个方针一定下来，她就发觉自己面临一个大难题。因为“昆仑”这两个字是很重的，它们出现在题目里，就像两个巨无霸，谁能和它们匹配着，肩并肩地屹立在小说的第一行呢？好像有一架巨大的天平，她不由分说地把“昆仑”两个砝码，压在了天平的这一边。在那一边，要有怎样沉重的字，才能镇住天平的均衡？她无奈地想到了，要不，以多胜少吧，用三个甚至四个五个字，来抵住“昆仑”的雄风吧。

想了半天，没结果。她有点发愁。她有个习惯，一到了想不出办法的时候，就睡觉。她会在睡觉之前，把那个难题在脑海里重复一遍，好像脑海里有一片沙滩，海浪扫过之后，洁净平滑舒缓阔大的样子。她把“昆仑”两个字刻在脑海的沙滩之上，就安稳地睡去了。

那一夜，她睡得很好。当她醒来的时候，她就真的有了一个题目。那个题目是在梦中出现的，只不过它不是镌写在海滩上，而是呈现在一块石板上，好像乡下的孩子读书时用的那种青石板，用乳白色的石笔写下了——“昆仑殇”三个大字（现实中，她从来也没有用过那样的青石板，真奇怪）。

她有点不解。因为“殇”是个冷僻字，在她当医生的生涯里，不曾用过这个字。印象中，这个字，孤独地弥漫在两千年前楚国悲壮的挽歌中……

不过，她确知，这个字组成的篇名，在这一瞬击中了她，它是这篇小说天造地设的标题。她很高兴，她的潜意识像一头勤恳的牛，黑夜中，无声地帮她犁开了一片板结的土地。

聪明的朋友们，看到这里，你们一定知道了，文中的这个“她”就是我了。我就是这样写出了生平的第一篇小说，也就是处女作。

这些年来，每当有人问到我最喜欢的小说、最满意的小说是什么？我都说，我还没有最喜欢的小说，因为我还不曾写出。我也还没有最满意的小说，也因为不曾写出。这样讲，有点俗气，但我真是这样想的，我就要这样说。我不能因为害怕人家说我俗气，就编一个瞎话。在说谎和俗气之间，我是宁要俗气的诚实的。同时，我每次都很自觉地告诉访问我的人，我说，我可以报告给你——我印象最深刻的小说，那就是《昆仑殇》。

有很多东西，不是因为它的价值高或是身世奇特我们才珍视它，是因为其中蕴含了我们太多的心意和太久的眷恋。《昆仑殇》就是一部这样的作品。当我写它的时候，我毫无功利之心，完全是因为血液里的那些冰凌作怪，才匆匆动笔。如果说，在那以后的岁月中，我有时会以一个职业作家的习惯来从事写作，我可以坦诚地说，在《昆仑殇》中，我唯有一颗拳拳的赤子之心。

《昆仑殇》发表之后，获得了很大的反响。至今，我尚不能完全明白这是为什么。也许，那里太遥远了，那里发生的故事太悲壮了。也许，小说中描写了一种人类生存的极限和一种在极限中的挑战与人性的苦难奋斗，渗入到了人们心中柔软的死穴。

这不是我的能力，这是那座雄伟的高山，假我的手，传递了一点它的神髓。

我要感谢苍凉的西部。因为有了这样的经历，我的一生在某种意义上，变得不同寻常。

有很多东西，
不是因为它的价值高
或是身世奇特我们才珍视它，
是因为其中蕴含了
我们太多的心意
和太久的眷恋。

路远不胜金

有一天，我先生对我说，以前结婚的时候，也没送过你什么礼物。现在我补送你一个金戒指吧。

我说，心意领了。但金器我是不要的。先生笑了，说你肯定是舍不得钱。其实买金很合算，戴在手上是件装饰品，除了好看，本身的价值也还在。不喜欢这个样式了，还可以打成新的样子。你为什么不喜欢？我说，我算的是另一笔账啊。

他很感兴趣，让我说个明白。

我说，我是一个劳动妇女，戴了金，干起活来就不方便了。俗话说，远路无轻载。

先生就笑了，说，你以为我会给你买一个多么沉重的金镯子？想得美。我们只能买个金戒指，不过几克重。

我说，你听我说。我每天伏在桌前，不辨晨昏地写作。在电脑上敲出一个字，最少要击键两次。就算这个戒指五克重吧，手起手落，一个字就要多耗十克的重量。天长日久地下来，就不是一个小数目。假设我要写一部百万字的长篇小说，这小小的戒指就化作十吨的金坨，缀在手指的关节上，该是多么大的负担！要做的事情太多，路远不胜金。

先生说，要不我们买一条金项链，你写作的时候脖子总是不动的。

我说，我不喜欢项链的形状，它是锁链的一种。我崇尚简洁和自由，觉得美的极致就是自然。再说，我多年前就被 X 光判了颈椎增生，实在不忍再给沉重如铅的脖子增加负担。

先生叹了口气说，作为一个女人，你浑身上下没有一克金，真的不遗憾？

我说，我有许多遗憾的事情，比如文章写得不漂亮，做饭的手艺不精良，一坐车就头晕，永远也织不出一件合身的毛衣……但对金子这件事不遗憾。

先生说，你这是反潮流。

我说，不是反潮流，实在是无所谓。金是什么？不就是地球上的一种不算太少也不算太多的金属吗？有了这种金属就象征你高贵，没有这种金属就注定你卑贱吗？这颗星球上还有很多种稀有金属，比如铂，比如铑，比如能造原子弹的铀和镭……都比金昂贵得多。我们不可能把所有的金属都披挂在身，金属除了它在工业上的用途，并不代表更多的含义。如果你喜欢，你就佩戴好了，就像乡下的女孩在春天里，把一朵野花簪在发梢。如果你因为种种的缘故，没有一克金，那也没有什么可怯懦的，依然可以挺直腰杆，快快乐乐地生活。

作为一个女人，如果我们拥有天空和海洋，如果我们拥有知识和事业，如果我们拥有自信和尊严，如果我们拥有亲人对我们和我们对亲人的热爱，我们的生命就很完满。

拥有已太多，无金又何妨！

拥有已太多，无金又何妨。

与寂寞共处

常常是心中很寂寞，说出口的却是词不达意的热闹。这个世界已经够喧哗的了，现在需要的只是静静面对内心。

需要别人确认，才觉得自己活着的人，必然会逃避寂寞。节省下来的时间，用来干什么？只好另外想办法来谋杀时间。

寂寞是一种悄然的存在，不要挑战它，也不要逃避，学着共处就是。

开会常常让我感到寂寞，喧嚣人群中的寂寞。不喜欢很多会议的场合，在那里听不到发自肺腑的声音，套话多。有些话像风一样从耳边刮过，留不下任何印象。

也许是因为我年轻时在西藏当兵，营地在海拔 5000 米的高原之上，氧分压只有海平面的一半，对缺氧的感受十分敏感。会场里人一多，马上就感觉到缺氧，好像当年在雪原上跋涉的艰辛感觉又复活了，心中充满疲累。

这种时刻，我会不由自主地走出会场，到外面去呼吸新鲜空气，也不敢待得时间太久了，怕人家以为是对发言者、组织者的不敬。

我知道有些时候套话是一种必需，是一种人际关系和社会关系的润滑剂。这种润滑剂可不便宜，要用时间去购买，算得上是奢侈品了。

我是一个视时间为尊贵的人，实在不敢这样靡费，甘愿寂寞着。

常常是心中很寂寞，
说出口的却是词不达意的热闹。

购买一个希望

那年在国外，看到一个穷苦老人在购买彩票。他走到彩票售卖点，还未来得及说话，工作人员就手脚麻利地在电脑上为他选出了一组数字，然后把凭证交给他。他好像无家可归，没有什么固定的目标要赶赴，买完彩票，就在一旁呆呆站着。我正好空闲，便和他聊起来。

我问，你为什么不亲自选一组数字呢?

他说，是我自己选的。我总在这里买彩票。工作人员知道我要哪一组数字。只要看到我走近，就会为我敲出来。

我说，那你每次选的数字都是一样的喽?

他说，是的。是一样的。我已经以同样的数字买了整整 40 年彩票。每周一次，购买一个希望。

我心中快速计算着，一年就算 52 个周，四五二十，二五一十……然后再乘以每注彩票的花费……天！我问道，你中过吗？

他突然变得忸怩起来，喃喃说，没中过。有一次，大奖和我选的数字只差一个。

我说，那以后，你还选这组数字吗？

他很坚定地说，选。

我说，我是个外行，说错了你别见怪。依我猜，以后重新出现这组数字的概率是极低的，更别说还得有一个数字改成符合你的要求。

他说，你说得对，是这样的。

我就愣了。他衣衫褴褛，面容憔悴。买彩票的钱虽然不多，但周复一周地买着，粒米成箩，也积成了不算太小的数目。用这些钱，为什么不给自己买一身蔽寒的衣服，吃一顿饱饭呢？再说，固执地重复同一组数字，绝不更改，实在也非明智之举。

我不忍伤他心，又不知说什么好，只有久久地沉默了。过了一会儿，他主动开口说，你一定很想知道那是一组什么样的数字吧？

我点头说，是啊。

他有些害羞地说，那是我初恋女友的生日。每周我下注的时候，都会想起她，心中就暖和起来。

我说，那到了开奖的时候，你知道自己没中，会不会心中寒冷？

他笑了，牙齿在霓虹灯下像糖衣药片一样变幻着色彩。他说，不会。我马上又买新的一轮彩票，希望就又长出来了。我很穷，属于穷人的希望是很有限的。用这么少的钱，就能买到一个礼拜的快乐，这种机会，在这个世界上，实在是不多。更不用说，那个数字还寄托着我的回忆。如果我选的这组数字中大奖，她一定会注意到的，因为那是她的生日啊。紧接着她会好奇是谁得了这份奖金，于是就能看到我的名字。她立刻就明白我这一辈子没有忘记她，而且我有了这么多的钱，她也许会来找我……

老人说完，就转过身，缓缓地走了。

后来，我把这个真实的故事讲给很多人听。每个人听完后都会长久地沉默。然后说，真盼望他中奖啊！

用这么少的钱，
就能买到一个礼拜的快乐，
这种机会，
在这个世界上，
实在是不多。

拍卖你的生涯

朋友参加过一个很别致的讲座，对我详细地描绘了一番。她说：讲座叫作“拍卖你的生涯”。外籍老师发给每人一张纸，其上打印着数十行字。

1. 豪宅
2. 巨富
3. 一张取之不尽、用之不竭的信用卡
4. 美貌贤惠的妻子或英俊博学的丈夫
5. 一门精湛的技艺
6. 一个小岛
7. 一座宏大的图书馆
8. 和你的情人浪迹天涯

9. 一个勤劳忠诚的仆人

10. 三五个知心朋友

11. 一份价值五十万美元并每年可获得 25% 纯利收入的股票

12. 名垂青史

13. 一张免费旅游世界的机票

14. 和家人共度周末

15. 直言不讳的勇敢和百折不挠的真诚

……

大家先是愣愣地看着这些项目，之后交头接耳地笑，感觉甚好。本来嘛，全世界的美事和优良品质差不多都集中在此了。

老师拿起一只小锤子，轻敲讲台，蜂房般的教室寂静下来。老师说（他能讲不很普通的普通话）："我手里是一只旧锤子，但今天它有某种权威——暂时充当拍卖锤。我要拍卖的东西，就是在座诸位的生涯。"

课堂顿起混乱。生涯？一个叫人生出沧桑和迷茫的词语。我们大致明白什么是生存，什么是生活，但不清楚什么是生涯。我们只是一天天随波逐流地过着，也许 70 岁的时候才恍然大悟，生涯已在朦胧中渐近尾声了。

老师说："一个人的生涯，就是你人生的追求和事业。它可以掌握在你自己手中。性格就是命运。生涯从属于你的价值观。通常当人们谈到生涯的时候，总觉得有太多的不可把握性埋藏在未知中。其实它并非想象中那般神秘莫测。今天，我想通过这个游戏，让大家比较清晰地看到自己的爱好，预测自己的生涯。”

大家听明白了，好奇地跃跃欲试。

我相信在每一个成人的内心深处，都潜伏着一个爱做游戏的天真孩童，只不过随着时光流逝，蒙上了世故的尘土。

成年以后的我们，远离游戏，以为那是幼稚可笑的玩闹。其实好的游戏，具有启蒙人的智慧，通达人的思维，启迪人的感悟，让人反省的力量。当我们做游戏的时候，就更接近了真我。

老师说：“我现在象征性地发给每人1000元钱，代表你一生的时间和精力。我会把这张纸上所列的诸项境况裁成片，一一举起，这就等于开始了拍卖。你们可以用自己手中的积蓄购买这些可能性。100元钱起叫，欢迎竞价。当我连喊三次，无人再出更高价的时候，锤子就会落下，这项生涯就属于你了。注意，我说的是可能性，并非是真正的事实。它的意思就是——你用999元竞得了豪宅，但并不等于你真的拥有了仙境般的别墅，只是说你将穷尽一生的精力来为自己争取。相信只要你竭尽全力，把目标当成整个生涯的支撑点，实现的可能性甚大。”

教室里的气氛，骚动之后有些沉重。这游戏的分量举轻若重，它把我们人生的繁杂目的约分并形象化了——拼此一生，你到底要什么？

老师举起了第一项拍卖品——拥有一座小岛。起价 100 元。

全场寂静。一座小岛？它在哪里？南半球还是北半球？大西洋还是太平洋？面积多少？人口多少？有无石油和珊瑚礁？风光怎样？

疑声四起，大家迫切希望老师提供更详尽的资料，关于那座小岛，关于风土人情。老师一脸肃然，坚定地举着那个纸片，拒绝做更进一步的解说。

于是，我们明白了。小岛，就是小小的、普普通通的一座无名岛。你愿不愿以一生作赌，去赢得这块海洋中的绿地？

终于，一个平日最爱探险、充满生命活力的女生大声地喊出了第一个竞价——我出 200！

一个男生几乎是下意识地报出：500！他的心思在那一瞬很简单，买下荒凉岛屿这样的事就该是男子汉干的。

但那名个子不高、意志顽强的女生志在必得，她涨红着脸，一下子喊出了 1000！

这是天价了。每个人只有 1000 元钱的贮备，也就是说，她已下定以毕生的精力赢得这座小岛的决心，别的人只有望洋兴叹了。

那个男生有些悻悻地说："竞价应该一点点攀升，比如她要出 600，我喊 700……这样也可给别人一个机会。"

老师淡然一笑说："我们只是象征性地拍卖，所以可能不合规矩。大家要记住，生涯也如战场，假如你已坚定地确认了自己的目标，就紧紧锁定它。机遇仿佛闪电。"

大家明白了竞争的激烈，肃静中有了潜藏的紧迫感和若隐若现的敌意。

拍卖的第二项是美貌贤惠的妻子或英俊博学的丈夫。

我原以为此项会导致激烈的竞拍，没想到一时门可罗雀，也许因为它太传统和古板。被其他更刺激的生涯吸引，大伙儿不愿在刚开场不久就把自己的一生交付伴侣的怀抱。好在和美的家庭终对人有不衰的吸引力，在竞争不激烈的情形下，被一位性情温和的男子以 700 元买去。

我把指关节攥得紧紧的，如果真有一沓钞票，大概会滴下混浊的水来。到底用这唯一的机会买回怎样的生涯？扒拉一下诸样选择，自己属意的栏目有限，和同志们所见略同也说不准。定谋贵决，一旦确立了自己的真爱，便要直捣黄龙，万不可游移吝惜。要知道，拍卖的过程水涨船高，步步为营。倘稍一迟缓，被他人横刀夺爱，就悔之莫及了。

拍到“取之不尽、用之不竭的信用卡”时，引起空前激烈的争抢。聪明人已发现，所列的诸项某些外延是交叉的，可互相替代。有同学小声嘀咕，有了信用卡，巨富不巨富的也不吃紧了，想干什么，还不是探囊取物？于是信用卡成了最具弹性和热度的香饽饽。一时群情激昂，最后被一奋勇女将自重围中掳走。

其后的诸项拍卖，险象环生。有些简直可以说是个人价值取向甚至秘密的大曝光。一位众人眼中极腼腆内向的男同学，取走了免费旅游世界的机票，让人刮目相看。一位正在离婚风波中的女子选择了和情人浪迹天涯，于是有人暗中揣测，她是否已有了意中人？一位手脚麻利、助人为乐的同学，居然选了勤快忠诚的仆人，让全体大跌眼镜。细一琢磨，可能他总当一个勤快人已经厌烦，但又无力摆脱这约定俗成的形象，出于补偿的心理，干脆倾其所有买下对另一个人的指挥权吧。一旦咀嚼出这选择背后的意味，旁观者就有些许心酸。

一位爱喝酒的同人一锤定音买下了“三五个知心朋友”，让我在想象中立即狠狠掴了自己一掌。从前，我劝过他不要喝那么多的酒，他笑说：“我喜欢和朋友在一起。”我不死心，便再劝，他却一直不改。此番看了他的选择，我方晓得朋友在他的心中如此重要。我决定，该闭嘴时就闭嘴吧。

光顾着看别人的收成，差点耽误了自己地里的活计。同桌悄悄问：“你到底打算买何种生涯？”

我说：“没拿定主意啊。我想要那座图书馆。”

同桌说：“傻了不是？我看你不妨要那份价值50万美元且年年递增25%的股票，要知道，这可是一只会下金蛋的火鸡。只要有了钱，什么图书馆置办不出来呢？你要把图书馆换成别的资产就很困难了。如今是信息时代，资料都储藏在光盘里，整个大英博物馆也不过是若干张碟的事。图书馆是落后的工业时代的遗物了……”

他话还没说完，老师举起了新的一张卡片。他见利忘友，立刻抛开我，大喊了一声：“嘿，这个我要定了。1000！”

我定睛一看，他倾囊而出购买回来的是一门精湛的技艺。

我窃笑道：“你这才是游牧时代的遗物呢，整个一小农经济。”

他很认真地说：“我总记着老爸的话，家有千金，不如一技在身。”

我暗笑，哈，人啊，真是环境的产物。

好了，不管他人瓦上霜了，还是扫自己门前雪吧。同桌的话也不无道理。有了足够的钱，当然可以买下图书馆或是任何光碟。但你没有这些钱之前，你就干瞪眼。钱在前，还是图书馆在前，两者便有了原则的不同。我愿自己在两鬓油黑、耳聪目明之时，就拥有一座窗明几净、汗牛充栋、庭院深深、斗拱飞檐的图书馆。再说，光碟哪能和图书馆同日而语？我不仅想看到那些古往今来的智慧头脑留下的珍珠，还喜欢那种静谧幽深的空间和气氛，让弥漫在阳光中的纸张味道鼓胀自己的肺……这些，用钱买来的新书和光碟仿得出来吗？

正这样想着，老师举起了“图书馆”，我也学同桌，破釜沉舟地大喊了一声：“1000！”

于是，宏大的图书馆就落到了我的手中。那一刻，虽明知是个模拟的游戏，心中还是扩散起喜悦的涟漪。

拍卖一项项进行下去，场上气氛热烈。我没有参加过实战，不知真正的拍卖是怎样的程序，但这一游戏对大家心灵的深层触动是不言而喻的。

当老师说“游戏到此结束”时，教室一下静得不可思议，好像刚才闹哄哄的一干人都吞炭为哑或羽化成仙去了。

老师接着说：“有人也许会在游戏之后，思索和检视自己，产生惊讶的发现和意外的收获。有一个现象，不知大家发现没有，有三项生涯，当我开价 100 元之后没有人应拍，也就是说不曾成交。这种卖不出去的物品，按规矩是要拍卖行收回的。但我决定还是把它们留下。也许你们想过之后，还会把它们选作自己的生涯目标。”

这三项是：

1. 名垂青史
2. 和家人共度周末
3. 直言不讳的勇敢和百折不挠的真诚

同学大眼瞪小眼，刚才都只专注于购买各自的生涯，不曾注意被冷落的项目，听老师这样一说就都默然了。

我一一揣摩，在心中回答老师。

和家人共度周末。

老师别恼。不曾购买它作为自己的生涯，原因可能是多方面的。有人以为这是很平淡的事，不必把它定作目标。凡夫俗子们估摸着自己就是不打算和家人共度周末也没有什么地方可去。一件被迫的、几乎命中注定的事，何必要选择？还有的人是一些不愿归巢的鸟，从心眼里不打算和家人共度周末。

现今只有没本事的人才和家人共度周末，有本事的人是专要和外人度周末的。

青史留名？

可叹现代人（当然也包括我）对史的概念已如此脆弱，仿佛站在一个修鞋摊子旁边，只在乎立等可取，只在乎急功近利。当我们连清洁的水源和绵延的绿色都不愿给子孙留下的时候，拥挤的大脑中如何还存得下一块森严的石壁，以反射青史遥远的回声？

勇敢和真诚？

它固然曾经是人类骄傲的源泉，但如今怯懦和虚伪，更成了安身立命的通行证。预定了终生的勇敢和真诚，就把一把利刃悬在了颅顶，这需要怎样的坚忍和稳定？我们表面的不屑是因为骨子里的不敢。我们没有承诺勇敢的勇气，我们没有面对真诚的真诚。

游戏结束了，不曾结束的是思考。

在弥漫着世俗气息的“我”之外，以一个“孩子”的视角重新剖析自己的价值观和生存质量，内心就有了激烈的碰撞和痛苦的反思。

在节奏纷繁的现代社会，我们一天忙得视丹成绿，很难得有这种省察自我的机会，这一瞬让我们返璞归真。

人生的重大决定，是由心规划的，像一道预先计算好的轨道，等待着你的星座运行。如果期待改变我们的命运，请首先改变心的轨迹。

游戏结束了，
不曾结束的是思考。

梳理生命之序

曾听到一位患“非典”的香港心脏科医生谈起他的感受。因为病情突变，他住进了医院的“深切治疗部”。“深切治疗”这个词，大陆很少用，估计那意思是病情笃重，需要更深入的治疗和更关切的照料。词是温煦的，但缝隙间掩藏着的凶氛，还是幽幽地散了出来。

医生脱险后接受采访，记者问：一个人孤独地住在病房里，想了些什么？医生沉吟了一会儿说，想得最多的是，要把人生中最重要的事和一般的事分开，先做那些重要的事情。记者当然追问：你生命中最重要的事是什么呢？医生答：和我的家人在一起。

我听了以后，愣了很久。医生传达和重复了一个直白到简陋的真理——

事情是可以排顺序的。生死边缘，回眸一望，常常发现玉石俱焚，鱼龙混杂，重要的事被疏漏了，不重要的事却被无限放大。

几天后，我又见到一位脚夫老人。大家都熟悉的陕北民歌《赶牲灵》，就是脚夫们走沟穿壑在高原上吼出的。他说“活着做遍，死了无怨”，意思是人活着的时候，把你想做的事都做了，就一生完满，活得够本，可以安然地死了。

医生是留洋博士，脚夫满面黄尘苍凉。不同层面的人，异曲同工的话，于是在突如其来的瘟疫背后，就有了哲学的味道。

人生有涯，即使没有“非典”袭扰，生命也必有大限。活着就是一个向着死亡的存在，由于有铁闸似的死亡矗立在深邃的尽头，便使我们的生命显出异样的美丽和时不我待的紧迫。人是脆弱的，种种意外的蛰伏，使得能上天入地、能让电脑每秒钟运算若干亿次的现代人却无法估算出每人大限到来的时刻。面对永恒困境，只剩下一个可行的方法，就是把那些我们以为最重要的事抓紧做完。简而言之，你要给生命排一个序。

什么是生命中最重要的事呢？夜深人静、月朗星稀之时，每个人心平气和地想想：也许是事业有成，也许是周游世界，也许是孝顺父母，也许是舍己为人，也许是永远探索，也许是安分守己……我相信每个人都会得出自己的答案。

寻找最重要的事情，其实就是寻找生命的价值。

它是我们立下的宏愿，是你选定的主牌，有了它，一应事务的顺序就排出来了。现代人陷入日常的忙碌，无数细小而琐碎的事件，缭乱了我们的双眼，模糊了我们的视线，凝滞了我们的脚步，壅塞了我们的襟怀……

寻找最重要的事情，
其实就是寻找生命的价值。

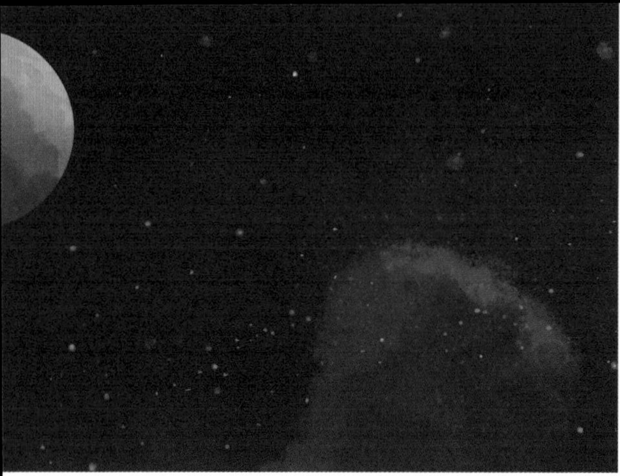

机遇是怎样在不知不觉中降临的

学会不怨天尤人，勇敢地负起自己应该负起的责任，这是一种美德，并且会给自己带来意想不到的礼物，那就是——你将一手造就自己的经历，为自己带来好运气。

我一直很相信这样一种说法——当你坚定地承担责任、勇往直前的时候，天地万物好像听到了一个指令，会齐心协力地帮助你、提携你。于是，贵人也出现了，机会也在最不可能滋生的崖缝中，露出了细芽。

我有时自己也想不通，这不是迷信吗？天地万物怎么会听从一个指令呢？它们的耳朵在哪里？它们的听力如何？这个指令是什么人发出来的呢？它用的是何种语言？

想不通啊想不通！但现实中确实有这样的故事，我听到很多人这样说过，在充满了感动的同时，也充满了疑惑。想啊想，我终于理出了一点头绪。

那个帮你忙的指令，其实出自你的内心。一个人，如果他是积极向上、永不妥协的，那么，他的一举一动、一笑一颦，都会放射出这种不屈的信息。这就像香草就要发出烘烤般的酥香气息，拦也拦不住，堵也堵不了。所有经过他身边的人，都会看到这种灼热光华，如同走过夜明珠的身旁。

我坚信，很多人在内心里，是愿意帮助别人的，特别是这种帮助并不会带给自身重大损失的时候，很多人都愿意伸出友谊之手。

这种手，有的时候是一个机遇，给谁都是给，为什么不给一个让我们心生好感的人呢？为什么不给一个让人们心怀敬重的人呢？为什么不给一个具备美德的人呢？于是你就得到了它。

有的时候，援手是一个信息。因为你让对方感到愉悦，人在愉悦的时候就会浮想联翩。施助者的潜意识喜欢你，就想——也许这个消息对这个人会有益处呢？于是，它把这句话送到了主人的嘴边。很可能连主人都没有意识到这种好感和这条信息之间的关联，但勤快的潜意识就麻利地把事情给办妥了，没想到不经意间，便成就了你的新生。

更多的时候，援手是一点小钱。这对有钱人算不得什么，对贫困中的人，却是天降甘露。你可能因为有了这一点小钱，而获得了转机，迎来了拐点。这对于施恩之人来说，很可能只是举手之劳。钱和钱的概念有时有天壤之别，用处也大相径庭，钱是会玩魔术的。

援手有的时候只是鼓励和关爱。虽然鼓励和关爱并不需要太大的付出，但人们只会鼓励那些和自己的人生大目标相投的人，只会关爱和自己的爱好信仰相符的人。

一个人只有在光明磊落的时候，才会不避讳自己的奋斗目标，才会在很多不经意的瞬间显示出美德和惹人怜爱的细节。而这些，恰好具有打动人心的力量，奇迹就慢慢地显影了。

世界上的事，都是因人而异。对你来说难于上青天的事，对另外一些人不过是小菜一碟。所以，先锤炼你的人格和目标吧。当它们光彩照人的时候，机遇就在不知不觉中降临了。

这没有什么神秘的，只要你像雏鹰，无数次张开翅膀，有一次正好刮过来了风，那就是一股上升的气流。如果你蜷曲在巢中，无论刮过怎样的风，对你都只是寒冷。

那个帮你忙的指令，
其实出自你的内心。

离太阳最近的树

四十年前，我在西藏阿里当兵。

这是世界的第三极，平均海拔 5000 米，冰峰林立，雪原寂寥。不知是神灵的佑护还是大自然的疏忽，在荒漠的褶皱里，有时会不可思议地生存着一片红柳丛。它们有着铁一样锈红的枝干，凤羽般纷披的碎叶，偶尔会开出穗样细密的花，对着高原的酷寒和缺氧微笑。这高原的精灵，是离太阳最近的绿树，百年才能长成小小的一蓬。我在藏区巡回医疗，骑马穿行于略带苍蓝色调的红柳丛中，竟以为它必与雪域永在。

一天，司务长布置任务——全体打柴去！我以为自己听错了，高原之上，哪里有柴？！原来是驱车上百公里，把红柳挖出来，当柴火烧。

我大惊，说把红柳挖了，高原上仅有的树不就绝了吗？

司务长回答，你要吃饭，对不对？饭要烧熟，对不对？烧熟要用柴火，对不对？柴火就是红柳，对不对？

我说，红柳不是柴火，它是活的，它有生命。做饭可以用汽油，可以用焦炭，为什么要用高原上唯一的绿色！

司务长说，拉一车汽油上山，路上就要耗掉两车汽油。焦炭运上来，一斤的价钱等于六斤白面。红柳是不要钱的，你算算这个账吧！

挖红柳的队伍带着铁锨、镐头和斧，浩浩荡荡地出发了。

红柳通常都是长在沙丘上的。一座结实的沙丘顶上，昂然立着一株红柳。它的根像巨大的章鱼的无数脚爪，缠附到沙丘逶迤的边缘。

我很奇怪，红柳为什么不找个背风的地方猫着呢？生存中也好少些艰辛。老兵说，你本末倒置了，不是红柳在沙丘上，是因为有了这红柳，才固住了流沙。随着红柳渐渐长大，流沙被固住的越来越多，最后便聚成了一座沙山。红柳的根有多广，那沙山就有多大。

啊，红柳如同冰山。露在沙上的部分只有十分之一，伟大的力量埋在地下。

红柳的枝叶算不得好柴薪，真正顽强的是红柳强大的根系，它们与沙子黏结得如同钢筋混凝土。一旦燃烧起来，持续而稳定地吐出熊熊的热量，好像把千万年来从太阳那里索得的光芒，压缩后爆裂开来。金红的火焰中，每一块红柳根都弥久地维持着盘根错节的形状，好像傲然不屈的英魂。

把红柳根从沙丘中掘出，蕴含着很可怕的工作量。红柳与土地生死相依，人们要先费几天的时间，将大半个沙山掏净。这样，红柳就枝丫遒劲地腾越在旷野之上，好似一副镂空的恐龙骨架。这时需请来最有气力的男子，用利斧将这活着的巨型根雕与大地最后的联系一一斩断。整个红柳丛就訇然倒下了。

一年年过去，易挖的红柳绝迹了，只剩那些最古老的树灵了。

掏挖沙山的工期越来越长，最健硕有力的小伙子，也折不断红柳苍老的手臂了。于是人们想出了高技术的法子——用炸药！

只需在红柳根部，挖一条深深的巷子，用架子把火药放进去，人伏得远远的，将长长的药捻点燃。深远的寂静之后，只听轰的一声，再幽深的树怪也尸骸散地了。

我们餐风宿露。今年可以看到去年被掘走红柳的沙丘，好像眼球摘除术的伤员，依然大睁着空洞的眼睑，怒向苍穹。这触目惊心的景象不会持续太久，待到第三年，那沙丘已烟消云散，好像此地从来不曾生存过什么千年古木，不曾堆聚过亿万颗沙砾。

听最近到过阿里的人讲，红柳林早已掘净烧光，连根须都烟消灰灭了。

有时深夜，我会突然想起那些高原上的“原住民”，它们的魂魄如今栖息在何处云端？会想到那些曾经被固住的黄沙，是否已飘撒在世界各处？从屋子顶上扬起的尘沙，常会飞得十分遥远。

红柳如同冰山。
露在沙上的部分
只有十分之一，
伟大的力量埋在地下。

绝望之后的曙光

我们五个女兵是1969年4月被分配到西藏阿里军分区的。阿里军分区1968年成立，我们是分区的第一批女兵。我是1952年10月出生的，当时是十六岁半。

过五一了，说有一辆大轿子车和一辆大解放车结伴上山，让我们5月2日9点到大门口集合。我们按照预定时间上车的时候，才发现探家回来的干部战士早就上了车，黑压压地把轿车的位子都坐满了。那时候还没有照顾女士的概念，他们都一言不发地盯着我们看。我是班长，看看车子最后一排还能挤进两个人，就叹了一口气说，三个人上解放车大厢板，两个人留在这辆车上。

从喀什到狮泉河，那时要走六天。六天的路程，山高水远。我坐在解放车的大厢板上，穿着大头鞋，裹着皮大衣，蜷缩成一团，听着缠有防滑链的车轮在雪地和碎石上碾过的细碎声响，觉得我以前在北京温暖的家中读书的日子是一个梦。到达狮泉河镇，迎接我们的阿里军分区卫生科的领导围着我们五个人转了好几圈，然后面面相觑、毫无表情地走了。

五个女兵站在荒凉的戈壁上，完全不得要领。我至今仍要感谢大脑缺氧和严重的高原反应带来的木讷和迟钝，让我们在这段不知道有多久的时间内，没有哭，没有叹息，也没有思索，一言不发。在这段思维空白的时间里，我看着远处的夕阳像一张金红色的巨饼，无声无息地缓缓降入峰峦之口，大地变得一片苍茫。

等卫生科的领导再次出现的时候，就很热情了，连连说着“欢迎你们”，接过了我们的背包和脸盆。

科长后来解释说，此前收到南疆军区的电文，说是给卫生科派去了五名卫生员，但并没有说明是女性。在我们之前，阿里军分区从来没有女兵，所以他们头脑中也没这根弦。接站时刻，突然发现来者是女孩子，遂大吃一惊，措手不及。他们原本是把我们分散安排在各个男兵宿舍的，一见之下情知不妥，赶紧回去倒腾房子。

我们五个都是 1969 年的兵，2 月入伍，在新兵连集训了两个月，并没有

经过任何医学训练，连最基本的肌肉神经在哪里都不知道，就开始上班了。

我的第一针是给一个叫作“黄金”的战士注射青霉素。扎完之后，黄金一股劲儿地感谢我，说一点都不疼。我自己知道这是为什么。因为用的劲过大，针头全部飞快地刺进肌肉，所以几乎不疼。缺点是这样进针十分鲁莽，如果针断在皮肉中，取出来就很困难。算这位“黄金”战友幸运，既不感觉到疼，也没有碰上断针这样的倒霉事，过了一关。

1970年年底，要开始野营拉练了。我们都纷纷写决心书，报名参加拉练，要求到火线上去锻炼。繁忙的准备工作开始了，主要是给自己做一口锅，以便独立野炊的时候能吃得上饭。具体方法是先用锉刀把罐头盒锉开，这样才能最大限度地保存罐头盒盖子的完整，在做饭的时候少跑一点气。然后在罐头盒盖子（现在已经变成锅盖子了）上凿个小洞，在罐头盒锅体上也穿个小洞，两洞合一，用铁丝拧紧，简易小锅大功告成。

出发的前一天，我们把拉练需要携带的物品——比如枪支弹药、红十字包、干粮袋、帐篷雨衣、被褥行李等都背在身上，跳上磅秤一称，将近一百公斤。那时我的基本体重（穿上棉袄棉裤绒衣绒裤大头鞋，戴上皮帽子）大约是六十公斤。也就是说，负重在三十五公斤以上。

数九寒天，阿里高原最寒冷的日子。日日急行军，给我留下最深印象的是从噶尔昆沙到班卡的一段路。六十公里路，在海拔5000米以上的高山之巅，就是巨大的挑战了。上午还好，虽然气喘吁吁，总算不掉队地走了下来。中午吃饭的时间到了，要求各自起伙。我们先是把背上的冰取下来，砸成小块，放到“小锅”里，然后再找几块小石头，把“小锅”垫起来，算作灶台。再把干牛粪塞到石头的缝隙里，点火开始做饭。等到水开了，把干粮袋里的生米下锅，米熟了，就可以开饭了。

这个过程说起来简单，其实不易。单是在大风中划着火柴，就要费半天的功夫。我好不容易把牛粪点燃，瞬即又被大风吹熄，只得重点。几番折腾之后，冰融化成了点点滴滴的水，发出咝咝啦啦的响声。我赶快抓起一把生米下锅，罐头盒内又无声无息了。千呼万唤好不容易才把米煮开，我尝了一下，基本上可以吃了，却不料一不小心，支撑罐头盒的石头晃了一下，整个盒子倒扣下来，湮灭了牛粪火，所有的米粒也都撒在外头，白花花一地，马上冻结在石头上，没法吃了。我欲哭无泪，正在想着是不是重新煮米，出发的号声响了。

一座险峻的高山横在路上。到了傍晚的时候，只爬到半山，饥寒交迫，我只觉得自己再也坚持不下来了。心跳得好像要从嗓子里蹦出来，喉头咸腥，一张嘴仿佛会血溅大地。身上的所有感官，感受到的都是痛苦与折磨，这样的生命，我再也不想拥有了。我要结束生命，从此长眠，埋骨雪山……

我就像架机器似的向前向前，队伍中是不能容忍停滞不前的。完全没有了思想，没有了方向，只有挺进。周围是一片黑暗，我从来没有见过那样黏腻厚重的黑暗，头脑中也是一片黑暗，如同最深的海底，渺无希望。

大约到了凌晨 3 点钟的时候，我们终于抵达了班卡哨所。我们不停顿地行走了 24 个小时，气温是零下 38 摄氏度。

那天晚上（正确地讲应该说是黎明），我以为自己会蒙头大睡，不想脑筋却像冰雪一样清冷。我想，人在最艰苦的时候，常常会产生绝望，以为自己就此倒下，一了百了，但只要不懈地坚持，其实也没有什么了不起的，曙光会重新出现。

多年来，我的心中一直有一个坚定的信念：人在经历了痛苦和绝望之后，会得到一份新生的愉悦。

1980 年我转业回北京。户籍民警登记时问我：你一入伍就分到西藏阿里军分区，一直到转业，都是在这个单位工作吗？我说，是！我当兵十一年，只在一个单位工作过，那就是西藏阿里军分区。

在这段思维空白的时间里，
我看着远处的夕阳
像一张金红色的巨饼，
无声无息地缓缓降入峰峦之口，
大地变得一片苍茫。

泥沙俱下的生活

有年轻人问，对生活，你有没有产生过厌倦的情绪？

说心里话，我是一个从本质上对生命持悲观态度的人，但对生活，基本上没产生过厌倦情绪。这好像是矛盾的两极，骨子里其实相通。也许因为青年时代，在对世界的感知还混混沌沌的时候，我就毫无准备地抵达了海拔5000米的藏北高原。猝不及防中，灵魂经历了大的恐惧，大的悲哀。平定之后，也就有了对一般厌倦的定力。面对穷凶极恶的高寒缺氧、无穷无尽的冰川雪岭，你无法抗拒。人是多么渺小，生命是多么孤单。你有一千种可能性会死，比如雪崩，比如坠崖，比如高原肺水肿，比如急性心力衰竭，比如战死疆场，比如车祸枪伤……但你却在苦难的夹缝当中，仍然完整地活着。而且，只要你不打算立即结束自己，就得继续活下去。愁云惨淡、畏畏缩缩的是活，昂扬快乐、兴致勃勃的也是活。我盘算了一下，权衡利弊，觉得还是取后种活法比较适宜。不单是自我感觉稍愉快，而且让他人（起码是父母）也较为安宁。就像得过了剧烈的水痘，对类似的疾病就有了抗体，从那以后，一般的颓丧就无法击倒我了。我明白日常生活的核心，其实是如何善待每人仅此一次的生命。如果你珍惜生命，就不必因为小的苦恼而厌倦生活。因为泥沙俱下、并不完美的生活，正是组成宝贵生命的原材料。

他又问，你对自己的才能有没有过怀疑或是绝望？

我是一个“泛才能论”者——即认为每个人都必有自己独特的才能，赞成李白所说的“天生我材必有用”。只是这才能到底是什么，没人事先向我们交底，大家都蒙在鼓里。本人不一定清楚，家人朋友也未必明晰，全靠仔细寻找加上运气。有的人可能一下子就找到了；有的人费时一世一生；还有的人，干脆终身在暗中摸索，不得所终。飞速发展的现代科技，为我们提供了越来越多施展才能的领域。例如爱好音乐、爱好写作……都是比较传统的项目，热爱电脑、热爱基因工程……则是最近若干年才开发出来的新领域。有时想，擅长操纵计算机的才能，以前必定也悄悄存在着，但世上没这物件时，具有此类本领潜质的人，只好委屈地干着别的行当。他若是去学画画，技巧不一定高，就痛苦万分，觉得自己不成才。比尔·盖茨先生若是生长在唐朝，整个就算瞎了一代英雄。所以，寻找才能是一项相当艰巨重大的工程，切莫等闲视之。

人们通常把爱好当作才能，一般说来两相符合的概率很高，但并不像克隆羊那样惟妙惟肖。爱好这个东西，有的时候很能迷惑人。一门心思凭它引路，也会害人不浅。有时你爱的恰好是你所不具备特长的东西，就像病人热爱健康、矮个儿渴望长高一样。因为不具备，所以就更爱得痴迷，九死不悔。我判断人对自己的才能，产生深度的怀疑以致绝望，多半产生于这种“爱好不当”的旋涡之中。因此在大的怀疑和绝望之前，不妨先静下心来，冷静客观地分析一下，考察一下自己的才能，真正投影于何方。评估关头，最好先安稳地睡一觉，半夜时分醒来，万籁俱寂时，摒弃世俗和金钱的阴影，纯粹从人的天性出发，充满快乐地想一想。

为什么一定要强调充满快乐地去想呢？我以为，真正令才能充分发育的土壤，应该同时是我们分泌快乐的源泉。

他的最后一个问题是，你是怎样度过人生的低潮期的？

安静地等待。好好睡觉，像一只冬眠的熊。锻炼身体，坚信无论是承受更深的低潮或是迎接高潮，好的体魄都用得着。和知心的朋友谈天，基本上不发牢骚，主要是回忆快乐的时光。多读书，看一些传记。一来增长知识，顺带还可瞧瞧别人倒霉的时候是怎么挺过去的。趁机做家务，把平时忙碌顾不上的活儿都在此时干完。

真正令才能充分发育的土壤，
应该同时是我们分泌快乐的源泉。

你为什么而活着

我有过若干次讲演的经历，在北大和清华，在军营和监狱，在农村土坯搭建的课堂和美国最奢华的私立学校……面对从医学博士到纽约贫民窟的孩子等各色人群，我都会很直率地谈出对问题的想法。在我的记忆中，有一次的经历非常难忘。

那是一所很有名望的大学，约过我好几次了，说学生们期待和我进行讨论。我一直推辞，我从骨子里不喜欢演说。每逢答应一桩这样的公差，就要莫名地紧张好几天。但学校方面很执着，在第 N 次邀请的时候说，该校的学生思想之活跃甚至超过了北大，会对演讲者提出极为尖锐的问题，常常让人下不了台，有时演讲者简直是灰溜溜地离开学校。

听他们这样一讲，我的好奇心就被激励起来，我说我愿意接受挑战。于是，我们商定了一个日子。

那天，大学的礼堂挤得满满的，当我穿过密密的人群走向讲台的时候，心里涌起怪异的感觉，不知道今天将有怎样的场面出现。果然，从我一开始讲话，就不断地有条子递上来，不一会儿，就在手边积成了厚厚一堆，好像深秋时节被清洁工扫起的落叶。我一边讲课，一边充满了猜测，不知道树叶中潜伏着怎样的“思想炸弹”。讲演告一段落，进入回答问题阶段，我迫不及待地打开了堆积如山的纸条，一张张阅读。那一瞬，台下变得死寂，偌大的礼堂仿若空无一人。

我看完了纸条说，有一些表扬我的话，我就不念了。除此之外，纸条上提得最多的问题是——

人生有什么意义？请你务必说真话，因为我们已经听过太多言不由衷的假话了。

我念完这个纸条以后，台下响起了掌声。我说你们今天提出这个问题很好，我会讲真话。我在西藏阿里的雪山之上，面对着浩瀚的苍穹和壁立的冰川，如同一个茹毛饮血的原始人，反复地思索过这个问题。我相信，一个人在他年轻的时候，是会无数次地叩问自己——我的一生，到底要追索怎样的意义？

我想了无数个晚上和白天，终于得到了一个答案。今天，在这里，我将非常负责地对大家说，我思索的结果是：人生是没有任何意义的！

这句话说完，全场出现了短暂的寂静，如同旷野。但是，紧接着就响起了暴风雨般的掌声。

那是我在讲演中获得的最热烈的掌声。在以前，我从来不相信有什么“暴风雨”般的掌声这种话，觉得那只是一个拙劣的比喻。但这一次，我相信了。我赶快用手做了一个“暂停”的手势，但掌声还是绵延了若干时间。

我说：“大家先不要忙着给我鼓掌，我的话还没有说完。我说人生是没有意义的，这没错，但是——我们每一个人要为自己确立一个意义！

“是的，关于人生的意义的讨论，充斥在我们的周围。很多说法，由于熟悉和重复，已让我们从熟视无睹滑到了厌烦。可是，这不是问题的真谛。真谛是，别人强加给你的意义，无论它多么正确，如果它不曾进入你的心理结构，它就永远是身外之物。比如我们从小就被家长灌输过人生意义的答案。在此后漫长的岁月里，谆谆告诫的老师和各种类型的教育，也都不断地向我们批发人生意义的补充版。但是，有多少人把这种外在的框架，当成了自己内在的标杆，并为之下定了奋斗终生的决心？”

那一天结束讲演之后，我听到有同学说，他觉得最大的收获是听到有一个活生生的中年人亲口说，人生是没有意义的，你要为之确立一个意义。

其实，不单是中国的青年人在目标这个问题上飘忽不定，就是在美国的著名学府哈佛大学，也有很多人无法在青年时代就确立自己的目标。我看到一则材料，说某年哈佛的毕业生临出校门的时候，校方对他们做了一个有关人生目标的调查，结果是：百分之二十七的人完全没有目标；百分之六十的人目标模糊；百分之十的人有近期目标；只有百分之三的人有着清晰而长远的目标。

二十五年过去了，那百分之三的人不懈地朝着一个目标坚忍努力，成了社会的精英，而其余的人，成就要相差很多。

我之所以提到这个例子，是想说明在人生目标的确立上，无论中国还是外国的青年，都遭遇到了相当程度的朦胧或是混沌状态。有人会说，是啊，那又怎么样？我可以一边慢慢成长，一边寻找自己的人生意义啊。我平日也碰到很多青年朋友，诉说他们的种种苦难。我在耐心地听完那些折磨他们的烦心事之后，把他们乞求帮助的目光撇在一旁，我会问："你的人生目标是什么呢？"

他们通常会很吃惊，好像怀疑我是否听懂了他们的愁苦，甚至恼怒我为什么对具体的问题视而不见，而盘问他们如此不着边际的空话。更有甚者，以为我根本就没有心思听他们说话，自己胡乱找了个话题来搪塞。

我会迎着他们疑虑的目光，说：“请回答我的这个问题，你为什么而活着呢？”

年轻人一般会很懊恼地说：“这个问题太大了，和我现在遇到的事没有一点关联。”我会说：“你错了。世上的万事万物都有关联。有人常常以为心理上的事只和单一的外界刺激有关，就事论事，其实心理和人生的大目标有着纲举目张的紧密接触。很多心理问题，实际上都是人生的大目标出现了混乱和偏移。”

举个例子。一个小伙子找到我，说他为自己说话很快而苦恼，他交了一个女朋友，感情很好。但女孩子不喜欢他说话太快。一听他口若悬河、滔滔不绝地说个没完，女孩就说自己快变成大头娃娃了。还说如果他不改掉这毛病，就不能把他引见给自己的妈妈，因为老人家最烦的就是说话爱吐唾沫星子的人。

“你说我怎么才能改掉说话太快的毛病？”他殷切地看着我，闹得我都觉得如果不帮他这个忙，简直就成了毁掉他一生爱情和事业的凶手。

我说：“你为什么要讲话那么快呢？”

他说：“如果慢了，我怕人家没有耐心听完我的话。您知道，现在的社会节奏那么快，你讲慢了，人家就跑了。”

我说："如果按照你的这个观点发挥下去，社会节奏越来越快，你岂不是就得说绕口令了？你的准丈母娘就不是这样的人啊，她就喜欢说话速度慢一点并且注意礼仪的人啊。"

他说："好吧，就算你说的这两种人都可以并存，但我还是觉得说话快一些，比较占便宜，可以在单位时间内传达更多的信息。"

我说："那你的关键就是期待别人能准确地接受你的信息。你以为只有快速发送信息才是唯一的途径。你对自己的观点并不自信。"

他说："正是这样。我生怕别人不听我的，我就快快地说，多多地说。"

当他这样说完之后，连自己也笑了起来。我说："其实别人能否接受我们的观点，语速并不是最重要的。而且，你能告诉我，你为什么这样在意别人是否能接受你的观点吗？"

这个说话很快的男孩突然语塞起来，忸怩着说："我把理想告诉你，你可不要笑话我。"

我连连保证绝不泄密。他说："我的理想是当一个政治家。所有的政治家都很雄辩，你说对吧？"

我说："这咱们就接触到了问题的实质。要当一个政治家，第一要自信。他们的雄辩不是来自速度，而是来自信念。一个自信的人，不论说话快还是慢，他们对自我信念的坚守流露出来，会感染他人。我知道你有如此远大的理想，这很好。你要做的事，不是把话越说越快，而是积攒自己的力量，让自己的信念更加坚强。"

那一天的谈话到此为止。后来，这个男生告诉我，他讲话的速度慢了下来，也被批准见到了自己的准丈母娘，听说很受欢迎。

这边刚刚解决了一个说话快的问题，紧接着又来了一位女硕士，说自己的问题是讲话太慢，周围的人都认为她有很深的城府，不敢和她交朋友，以为在她那些缓慢吐出的话语背后，隐藏着怎样的阴谋。

"我试了很多方法，却无法让自己说话快起来，烦死了。"她慢吞吞地对我这样说，语速的确有一种压抑的迟缓，好像在话的背后还隐藏着另一句话。

我看她急迫的神情，知道她非常焦虑。

我说："你讲每一句话是否都要经过慎重的考虑？"

她说："是啊。如果不考虑，讲错了话，谁负得了这个责？"

我说："你为什么特别怕讲错话？"

女硕士说："因为我输不起。我家庭背景不好，家里有人犯了罪，周围的人都看不起我们；家里很穷，从小靠亲戚的施舍我才能坚持学业。我生怕一句话说差了，人家不高兴，就不给我学费了。所以，连问一句'你吃了吗'这样中国最普通的话，我也要三思而后行。我怕人家说，你连自己的饭都吃不饱，也配来问别人吃饭的问题。"

听到这里，我说："我明白了。你觉得自己的每一句话都可能引致他人的误解，给自己造成不良影响。"

女硕士连连说："对对，就是这样的。"

我笑了，说："你这一句话说得并不慢啊。"

她说："那我是相信你不会误会我。"

我说："这就对了。你说话速度慢，不是一个技术性的问题，是你不能相信别人。你是否准备一辈子都不相信任何人？如果是这样，我断定你的讲话速度是不会改变的。如果你从此相信他人，讲话的速度自然会比较适宜，既不会太慢，也不会太快，而是能收放自如。"

那个女生后来果然有了很大的进步，她的人际关系也有了改变。

今天我们从一个很大的目标谈起，结果要在一个很小的地方结束。我想说，一个人的心理是一座斗拱飞檐的宫殿，这座宫殿的基础就是我们对自己人生目标的规划和对世界、对他人的基本看法。一些看起来是技术和表面的问题，其实内里都和我们的基本人生观有着千丝万缕的联系。心理问题切不可头痛医头脚痛医脚，那样如同创可贴，只能暂时封住小伤口，却无法从根本上让我们的精神强健起来。

人生是没有意义的，
这没错，
但是——
我们每一个人
要为自己确立一个意义！

流露你的真表情

学医的时候，老师问过一道题："人和动物在解剖形态上的最大区别是什么？"

当学生的争先恐后地发言，都想由自己说出那个正确的答案。这看起来并不是个很难的问题。

有人说："是站立行走。"先生说："不对。大猩猩也是可以站立的。"

有人说："是懂得用火。"先生不悦道："我问的是生理上的区别，并不是进化上的。"

更有同学答："是劳动创造了人。"先生说："你在社会学上也许可以得满分，但请听清我的问题。”

满室寂然。

先生见我们混沌不悟，自答道：“记住，是表情啊。地球上没有任何一种生物有人类这样丰富的表情肌。比如笑吧，一只狗再聪明也是不会笑的。人类的近亲猴子勉强算作会笑，但只能做出龇牙咧嘴一种表情。只有人类，才可以调动面部的所有肌群，调整出不同的笑容，比如微笑，比如嘲笑，比如冷笑，比如狂笑，以表达自身复杂的情感。”我在惊讶中记住了先生的话，以为是至理名言。

近些年来，我开始怀疑先生教了我一条谬误。

乘坐飞机，起飞之前，每次都有空姐为我们演示一遍空中遭遇紧急情形时，如何打开氧气面罩的操作。我乘坐飞机凡数十次，每一次都凝神细察，但从未看清过具体步骤。空姐满面笑容地屹立前舱，脸上很真诚，手上却很敷衍，好像在做一种太极功夫，点到为止，全然顾及不到这种急救措施对乘客是怎样的性命攸关。我分明看到了她们脸上悬挂的笑容和冷淡的心的分离，升起一种被愚弄的感觉。

我有一位相识许久的女友，原是个敢怒敢恨、敢涕泪滂沱、敢笑逐颜开的性情中人。几年不见，不知在哪里读了淑女规范言行的著作，同我谈话的时候身子仄仄地欠着，双膝款款地屈着，嘴角勾勒成一个精致的角度。粗一看，你以为她时时在微笑，细一看，你就捉摸不透她的真表情，心里不禁有些发毛。你若在背后叫她，她是不会立刻回了脸来看你，而是端端地将身体转了过来，从容地瞄着你，说骤然回头会使脖子上的肌肤提前衰老。

她是那样吝啬使用她的表情，虽然她给你一个温馨的外表，却没有丝毫的温度。我看着她，不由得想起儿时戴的大头娃娃面具。

遇到过一位哭哭啼啼的饭店服务员，说她一切按店方的要求去办，不想却被客人责难。那客人匆忙之中丢失了公文包，要她帮助寻找。客人焦急地述说着，她耐心地倾听着，正思谋着如何帮忙，客人竟勃然大怒了，吼着说：“我急得火烧眉毛，你竟然还在笑。你是在嘲笑我吗？”

“我那一刻绝没有笑。”服务员指天咒地对我说。

看她的眼神，我相信是真话。

“那么，你当时做了怎样一个表情呢？”我问，恍恍惚惚探到了一点头绪。

“喏，我就是这样的……”她侧过脸，把那刻的表情模拟给我。

那是一个职业女性训练有素的程式化的表情，眉梢扬着，嘴角翘着……

无论我多么同情她，我还是要说，这是一张空洞漠然的笑脸。

服务员的脸已经被长期的工作塑造成她自己也不能控制的状态。

表情肌不再表达人类的感情了，或者说它们只表达一种感情，那就是微笑。

我们的生活中曾经排斥过微笑，关于那个时代我们已经做了结论。于是我们呼吁微笑、引进微笑、培育微笑，微笑就泛滥起来。荧屏上著名和不著名的男女主持人无时无刻不在微笑，以至于使人不得不产生疑问，我们的生活中真有那么多值得微笑的事情吗？

微笑变得越来越商业化了。他对你微笑，并不表明他的善意，微笑只是金钱的等价物。他对你微笑，并不表明他的诚恳，微笑只是恶战的前奏。他对你微笑，并不说明他想帮助你，微笑只是一种谋略。他对你微笑，并不证明他对你的友谊，微笑只是麻痹你的一重帐幕……

这样的事见得太多之后，竟对微笑的本质怀疑起来。

亿万年的进化，我们的身体本身就成了一本书。

人的眉毛为什么要如此飞扬，轻松地直抵鬓角？那是因为此刻为鏖战的间隙，我们不必紧皱眉头思考，精神得以豁然舒展。

人的上眼睑肌为什么要如此松弛，使眼裂缩小，眼神迷离，目光不再聚焦？那是因为面对朋友，可以放松警惕敞开心扉，放松自己紧张的神经，不必目光炯炯。

人的口角为什么上挑，不再抿成森然一线？那是因为随时准备开启双唇，倾吐热情的话语，饮下甘甜的琼浆。

因为快乐和友情，从猿到人，演变出了美妙动人的微笑，这是人类无与伦比的财富。笑容像一只模型，把我们脸上的肌肉像羊群一般驯化了，让它们按照微笑的规则排列，随时以备我们心情的调遣。

假若不是服从心情的安排，只是表情肌机械的动作，那无异于噩梦中抽筋，除了遗留久久的酸痛，与快乐是毫无关联的。

记得小时候读过大文豪雨果的《笑面人》，一个苦孩子被施了刑罚，脸被固定成狂笑的模样。他痛苦不堪，因为他的任何表情，都只能使脸上狂笑的表情更为惨烈。

无时无刻不在笑——这是一种刑罚，它使“笑”这种人类最美丽、最优美的表情，蜕化为一种酷刑。

现实中自然没有这种刑罚了。但如果不表达自己的心愿，只是一味地微笑着，微笑像画皮一样黏附在我们的脸庞上，像破旧的门帘沉重地垂着，完全失掉了真诚善良的原始含义，那岂不是人类进化的大退步、大哀痛？

人类的表情肌除了表达笑容，还用以表达愤怒、悲哀、思索、惆怅以及绝望。它就像天空中的七色彩虹，相辅相成，所有的表情都是完整的人生所必需的，是生命的元素。

我们既然具备了流泪的本能，哀伤的时候就该听凭那些满含盐分的浊水淌出体外。目眦俱裂，不论是为红颜还是为功名，未必不是人生的大境界。额头没有一丝皱纹的美人，只怕血管里流动的都是冰。表情是心情的档案，如果永远只是空白，谁还愿把最重要的记录留在上面？

当然，我绝不是主张人人横眉冷对。经过漫长的隧道，我们终于笑起来了，这是一个大进步，但笑也是分阶段，也是有层次的。空洞而浅薄的笑如同盲目的恨和无缘无故的悲哀一样，都是情感的赝品。

有一句话叫作“笑比哭好”，我常常怀疑它。笑和哭都是人类的正常情绪反应，谁能说黛玉临终时的笑比哭好呢？

痛则大悲，喜则大笑，只要是从心底流出的对世界的真情感，都是生命之壁的摩崖石刻，经得起岁月风雨的打磨，值得我们久久珍爱。

亿万年的进化，
我们的身体本身
就成了一本书。

关于人生的沉思

世上有一种伪坦率，最需提防。

他把许多恶毒的计策，摊到桌面上来。他把你对他的疑点抢先说破，使你自觉心地龌龊，对他不起。他把事件的最坏可能一一预告，反倒让你觉得万无一失……

人们常常有一种善良的错觉，以为只有隐瞒才是欺骗。殊不知，最高明的骗术，正是在光天化日之下进行。

伪坦率是一种更高水准的虚伪，它利用的是一种人们对坦率的信任。

坦率其实不说明更多的问题，它只是把双方的意见公开出来，本身并不等同于真诚。

人生有无数的岔道，在分岐的路口，多半摆着诱惑。我们常常被物质的光怪陆离耀花了眼睛。

需要在漆黑的静夜想一想，想想我们与生俱来的理想，想想我们将要迈步的台阶，距我们最终的目标是近还是远?

眼睛当然是有用的。但有时闭上眼睛的时候，我们才能更好地倾听心灵的回答。

不负责任的表扬往往比批评还令人难堪。

因为他并没有注意到你的真正长处，仅仅是借此显示个人的风度。当他对你最有好感的时候，都这样疏忽大意，可见你在他心中的位置。

不实的批评，你还有权愤恨；对于不实的表扬，你只有悲哀。

我对赞同我的人，感悟的是他的善意。

我对反对我的人，考察的是他的智慧。

如果在赞同者那里看到的是逢迎，在反对者那里感觉的是愚昧，那么这两种人的意见我都不屑再听。任凭人们议论我的孤僻和不逊，自己并不在意。

懒散在通常的情形下，是不可取的。但懒散的状态有时会使我们浮想联翩，这时的懒散就不是无所用心的思想游缰，而是孕育新状态的热身运动。

有些人无时无刻不在显示他们的重要。高声说话，目光威严地扫射，很喧哗的笑声，不合时宜的服装和故意迟到，甚至不断在报刊上制造耸人听闻的噱头……

我总在这些做作的举动之中,发现一种属于恫吓的虚弱和勉力为之的疲倦。

生命是为自己而存在的。它是一种朴素而自然的事情，不是在众人之前的杂耍。

拒绝是没有错的，错误的是我们在拒绝前做出的判断。

我们不要害怕拒绝，我们只需更周密地决断。

比起赞同来，我更欣赏拒绝。

拒绝是一种删繁就简，拒绝是一种举重若轻。拒绝是一种大智若愚，拒绝是一种水落石出。

当利益像万花筒一般使你眼花缭乱之时，你会在混沌之中模糊了视线。尝试一下拒绝吧……

拒绝犹如断臂，带有旧情不再的痛楚。

拒绝犹如狂飙突进，孕育天马行空的独行。

拒绝有时是一首挽歌，回荡袅袅的哀伤。

拒绝更多是破釜沉舟的勇气，直面淋漓鲜血的惨淡人生。

在北京的名人故居有鲁迅、郭沫若、老舍、宋庆龄……

一位经商的朋友愤愤地说，为什么没有大商人的故居呢?

我想，除了从商这一行的规则难以令所有的人心悦诚服以外，人们对在他们的故居可看到什么，大概觉得乏味。也许可以看到文化，但何必看支流呢？既然源头存在。

所有的商品和文字相比，都是速朽的。

对于现世，人们注重物质。

对于久远，人们更注重精神。

一个人最少需要一种非功利的爱好。

比如爱钓鱼，并不是为了解馋。

爱书法，并不是为了卖钱。

爱跑步，并不是要创世界纪录。

爱跳舞，并不是为了上台表演……

它不仅仅是富裕的精力有所附丽，主要是精神有了种舒展自如的安置与发挥，感受到人生的美好真谛。

一个人的魅力，往往在他退休后看得更清楚。

属于职务的光环被岁月褪去，属于个人的精神光芒焕发出来。这个过程对有的人是苦闷，对有的人是新生。

我渴望衰老，因为生命的苦难。

我知道我生存一天，就要不懈地努力一天。取消所有责任的正当途径只有一条，这就是死亡。

衰老靠近死亡，所以我无所畏惧。

钻石是我们这个星球上最坚硬的物质。那么钻石是靠什么物质来切割打磨它的呢?

答案——靠另一颗钻石。

钻石自己敲打自己，是为了更完美。

人类也需要他人不断地敲打。

期望能给人勇气也易引起沮丧，关键在于期望的“值”。期望既不应太少也不能太多，但适中的量很难掌握。

两相比较，若是对自己，我以为还是期望得多一些为好，失败了虽易颓唐，但有时也会激起意料不到的勇气。若是对他人，期望得还是少一些为好，这样失望和伤害也会比较少。

“怕”好像历来是个贬义词。怕什么？别怕！天不要怕，地不要怕……好像不怕才是人生的大境界。

其实人的一生总要怕点什么，这就是中国古代说的“相克”。金木水火土，都有所怕的东西。要是不相克，也就没有了相生，宇宙不就乱了套？

惊奇是一种天然，而不是制造出来的。它是真情实感的火花。一块滚圆的鹅卵石，便不再会惊讶江河的波涛。惊奇蕴含着奋进的活力。

世界上有些事情，记住，永不要说。

你不说，就没有任何人知道。

你不知道我不知道，我们永远都不需要知道。不要把错误想得那么分明。不要去讨论那个过程，把它像标本一样在记忆中固定。有些事情不值得总结，忘记它的最好方法就是绝不回头。也许那事情很严重，但最大的改正是永不重复。

对于别人的拒绝，我们有的时候过分看重“理由”这个东西。其实理由并不重要，重要的是它所传递的那个真实而不易表达的目的。

如果我们摔倒了，却不知道是哪一块石头绊倒了我们，这难道不是比摔倒更为懊丧的事情吗？

忠厚是无用的别名。无用却不是忠厚的别名，同它意思近似的有——懒惰、低能、弱智以及弄巧成拙，等等。所以忠厚还可训练，无用却几乎是废物了。

人须怕法，那是众人行事的准则。人还须怕天，那是自然界运行的规律。怕是一个大的框架，在这个范畴里，我们可以自由活动。假如突破了它的边缘，就成了无法无天之徒，那是人类的废品。

了解一个人最大的缺点比了解一个人最大的优点更重要。因为忍耐比欣赏要艰难得多。

谣言也有一个大用处，当它飞扬的时候，警告某种灾难正在酝酿。

刚富的穷人和刚穷的富人，都比较触目惊心。前者是要做出富过一百年的样子，后者是要做出还将富一百年的样子。

人如果被人利用，一般认为是大不幸。但世上的物要是不能被人利用，这物就是废物，是要被抛弃的。人比物高等，更应该有利用的价值。

自己可以利用自己，别人就不能利用你，是否是一种自私？

不是能否被利用的问题，而是对方利用你的时候，你是否得到了应有的回报。这是不是带有浓烈的功利色彩？

所以，被人利用还不是人生的大不幸。人要是完全无法被人利用，才是最悲哀的。

凡声称自己很少被欺骗的人，也很少相信别人。

信任有时简直就是被欺骗的别名。

有没有两全其美的办法呢？只有一条，那就是智慧加上训练有素的直觉。

寡闻不一定必是坏事。现代社会信息爆炸，许多时髦的东西还是充耳不闻的好。付出的代价是被人讥笑为落伍，收获的果实是心境的清明。

当那些最勇敢、最智慧的人，攀到前所未有的高度时，迎接他们的是严寒与荒凉。

面对纷繁的星空和遥远的黑洞，你踏出高贵而孤独的脚步。

你极有可能走错，湮灭如灰尘。

传送带是不保留探索者的脚印的，它淡然地看着一位位先驱者扑倒，只为成功者留下位置。

宇宙用死亡限制人们的步伐。人类的每一个婴儿降生，都是历史的一次重新开始。智者离开时，卷走了他们没有诉诸文字的所有发现。

历史不记录回声。人的生命是长度固定的锁链，为了对抗死亡，为了在重复学习之余留出创造的空间，只有在每一个生命之环上负载更多的希冀与沉重，人类日益变得匆忙与紧张。

我知道了什么叫作崇高。它其实是一种发源于恐惧的感情，是一种战胜了恐惧之后的豪迈。

我会在没有人的暗夜，深深检讨自己的缺憾。但我不愿在众目睽睽之下，把自己像次品一般展览。

不要以为普通的小人物就没有尊严。不要以为女人的尊严感天生就薄弱于男人或人类的平均值。不要以为曾经失去过尊严的人就一定不再珍惜尊严。

崇高的侧面可以是平凡，但绝不是卑微。

智慧是划分区域的。从商的智慧是金色，从政的智慧是血色，爱情的智慧是无色，仇恨的智慧是黑色。没有谁的智慧是万能的，所以人们在一些领域绝顶聪明，在另一些领域混沌不堪。

眼睛当然是有用的。
但有时闭上眼睛的时候，
我们才能更好地倾听心灵的回答。

生命中的粗纤维

痛苦和磨难，是人生不可分割的一部分。

生命没有了苦难，那么它也就失去了框架。很多自杀的人，就是因为没有理会这种意义，一厢情愿地认为，生命是应该只有甘甜没有挫败的，特别是在恋爱早期，那种汹涌的荷尔蒙带来的欢愉，让人把激情当成了常态。

生命的常态，其实就是平稳和深邃，还有暗流。在最深刻的层面，我们不单与别人是分离的，与世界也是分离的，兀自踯躅前行。

每个人的生命中必定下雨，就像坏天气也是大自然的一部分。

某些日子势必黑暗又荒凉，就像你不可能总是吃细粮，那样你就会得大肠癌，你一定要吃粗纤维。坏天气、悲剧、死亡、生病，都是生命中的粗纤维，我们只有安然接纳。

真有些非常倒霉的人，叫你简直都不知道跟他说什么好。所有的语言都是多余的，真不知道命运为什么如此苛待于他。然而仍然不能放弃希望。放弃了，就真的一无所有了。

这时，我们需要的便是勇气，便是稳定地活着，没有丝毫的自欺，执掌着非常强大的安全感，对宇宙有一种敬畏和信赖。

心中没有希望，到哪里都不是理想的抛锚地，而只要生命还在，希望就能萌生。

生命的每一步都带着人们向死亡之境跌落。不要存在幻想，这才让你比较持久稳定，安然地居住在孤独中。

胸中如有千沟万壑、千军万马，只有接受这一事实，我们才能超越苦难与死亡，腾起在空中，看清生命的意义。

生命的常态，
其实就是平稳和深邃，
还有暗流。
在最深刻的层面，
我们不单与别人是分离的，
而且与世界也是分离的，
兀自踯躅前行。

等待你的第二颗糖

时间：很多年前的一个稍稍有点闷热的午后。

地点：美国得克萨斯州一个小镇小学的校园里。

氛围：空气中弥漫着苹果花的气味。

人物：这所小学中某个班的8名学生，他们是被随意挑出来的，并不是成绩特别好或是特别坏。总之，他们是普通的孩子，活泼好动，充满好奇。

故事就在漫不经心中开始了。老师领着他们，走进了校长室旁边一间很大的房子，房子有明晃晃的落地窗，看得见长尾巴的喜鹊和跳跃的小松鼠。

孩子们都很高兴，与众不同总是令人兴奋的，为什么没有挑中别的孩子呢?为什么仅仅是我们 8 个人呢？一定要发生点什么的，在这春天的午后。

但是，在相当长的时间内，什么事也没有发生。正当孩子们开始不安的时候,老师来了。老师不是单独的一个人,跟在她后面的是一个30多岁的男子，孩子们谁也不认识他。不过，这男人看起来很和气，他笑眯眯地走到 8 个孩子中间，给每个人发了一颗穿着美丽外衣的糖果。这男子说：“这颗糖果是我送给你们的，从现在开始，它就属于你们啦！”

一个孩子欢呼跳跃起来说：“那我就可以把它吃掉了？”

男人说：“当然啦！它是你的，你可以随时吃掉它，一点问题也没有。不过啊，一会儿我会出去一趟。如果谁能坚持着不吃掉这颗糖，而是等我回来以后再吃，你就会得到两颗同样的糖果作为奖励。”说完他和老师一起转身离开了。

漫长的等待开始了，尤其对小孩子来说，面对一颗诱人糖果的等待，简直可算是残酷折磨。那个谁也不认识的男人走出去好像很久了，谁知道他说的话算不算数呢？他到底还会不会回来呢？他回来以后，真的还会带回来同样好吃的糖果分给大家吗?

没有人回答孩子们的问题。许诺像一滴洇开的墨水，随着时间水域的扩大，越来越模糊了。只有那颗美丽的糖果，真真切切地横在每个孩子的面前，证明刚才那个男人确实出现过。时间一分一秒地过去，男人石沉大海，糖果在孩子们的眼里，变得越来越大了。

终于，有一个孩子忍不住了，他伸手剥掉了精美的糖纸，把糖一口放进了自己的嘴巴，并且不由自主地“吧嗒”出声来。就算他不出声，空气中立刻飘荡起来的美妙气味，也让别的孩子垂涎欲滴。既然每个人都有一颗糖，既然这颗糖本来就是自己的，既然已经有人开始吃了，并且如此好吃，我为什么不吃呢？

榜样的力量是无穷的。又有几个孩子忍不住了，他们抓起自己眼前的精美糖果，三下五除二剥开了糖果外衣，空中充溢着甜香，糖纸如彩蝶飘落在地。不过，并不是所有的孩子都吃了糖，仍有一半以上的孩子，拼命咽着口水，忍受着诱惑，控制着自己。等得地老天荒啊，那个陌生而和蔼的男人，终于回来了。而且他真的抱着一个糖罐，那些坚守着没有吃糖的孩子，每人又得到了两颗糖。

现在，局面发生了逆转。那些抵御住了诱惑并坚持等待的孩子，一共得到了 3 颗糖。那些早早地就把自己的那颗糖咽到肚子里去的孩子，只剩下了一张皱缩的糖纸。

这个等待的时间，有多久呢？ 40 分钟。40 分钟对于一个成人来说，算不了太久，但对于一个世事懵懂的孩子来说，几乎相当于数年。

这是心理学上一个经典的实验，名字叫作“延迟满足”。上面所说的过程，并不是实验的全部，而只是一个稍带悬念的开始。那个陌生的男人，是一位心理学家。他像影子一样，开始跟踪这 8 个孩子，时间长达整整 20 年。最后的研究成果证明，凡是能够抵御短暂的诱惑，达到“延迟满足”的学生，数学、语文的成绩，比那些熬不住、早早就吃了糖的学生，平均要高出 20 分。这还不算完，等到参加工作后，能够做到“延迟满足”的人，基本上不会在困难面前低头，他们比较坚韧，多能走出困境，获得成功。

这个实验证明，能够抵御唾手可得的利益，是一种优良的心理素质。通过努力得到许诺，并不是一件容易的事情。很多人等不住，被眼前的蝇头小利所诱惑，一叶障目，不见泰山，最后反倒是因小失大两手空空。

也许有人说，如果有人告知我，一定会有好的前程在远方等待，那么，我也是能等的。最怕的是你等了很久很久，却没有等到你的第二颗糖。

是的，当我第一次得知这个实验的时候，也心存疑惑。人生并没有一个和蔼的老者或是中年人，发给我们第一颗糖。也不曾许诺在遥远或是并不遥远的将来，一定会有第二颗糖，披着彩衣款款而来。生活充满了未知数，却并不都是甜蜜。

那么，这个实验的真髓是什么呢？

是忍耐和等待。在未知结果的情形下，安之若素的坚守。如果你早早知道了结果，那坚守的过程，更像是投资或是投机。因为你知道你的每一分钟都会有回报，骨子里是一种交换。对于这样成色不纯的忍耐，我的敬意就会打折扣。

真正的坚守，是没有人给予你任何承诺的，流逝的只是岁月，孑存的只是信念。一种苍凉中的无望守候，维系意志的只有心的一往无前。

人总是要信点什么的，这不是因为别人的要求，纯粹是自发的本能。如果你什么都不信，那你靠什么来规定自己本能之上的追索呢？你必得信点什么，最主要是坚信我们的生命是有意义的。这个意义不在于有没有外在的奖励，有没有别人的评价，只存乎我们一心，对生命的敬畏，对岁月的仰视。

今日正好是端午节。带着青苇的香和裹得绷胀的粽子，如同刚进城的乡下娃娃，壮硕而见棱见角地被端了上来。那五色的丝线，因淋了水，姹紫嫣红如蚂蚱的腿和公鸡的冠。遥想生命，虽然没有彩线的捆扎，没有丰润的糯软，没有绿的叶和红枣豆沙的甜馅，却依然是上天普赐的礼物，是值得珍惜着好好过下去的。也许我们始终等不到那第二颗糖，但等待依然是有意义的，因为无限的可能性存在于等待的分分秒秒中。

真正的坚守，
是没有人给予你任何承诺的，
流逝的只是岁月，
子存的只是信念。

你还能找到北斗吗

有一天，走进一间大大的办公室。它有多大呢？简直像个足球场。一排排的格子，好像非洲白蚁的巢穴。每个小格子里都有一台电脑，几乎所有的电脑都开着，一眼望去，仿佛一片片闪着不同光泽的鳞甲，颤抖着、忽闪着。我突然好奇，对大家说，我想看看你们的桌面。

这个桌面不是木头的桌面，而是计算机的屏幕。

微软公司配发的桌面，是一片绿色的原野，芳草茵茵，略有坡度和起伏，有如少女肩胛一般柔和的地平线，还有蓝天和白云。

这是哪里？恕我孤陋寡闻，我不知道。那一年到了冰岛，极目远眺，绿水青山，觉得有些像，然而，终不是。

据说，人类是发源于东非高原。那里水草丰美，有蜿蜒的河流，稀疏的林木，宽广的空间……想想那时人类的生存状况，能理解他们的选择。必要有流水，否则，在没有打井和储水设备的时候，谁来保障水的供给？只有河。

需要相对的开阔。早期的人类和凶猛的野兽比较起来，势单力孤。如果居所在密林中，真有什么野兽无声无息地接近营地，将是非常危险的局面。

要有林木。如果危险的对手不会爬树，从大猩猩进化来的古人类，攀缘的本领一定还不错，必要时爬到树上，或可躲过一劫。

不知他们那时，是否已经学会了刀耕火种？开阔的地形上，也许可以开一小片荒，种瓜种豆，聊补生计。

扯得远了，回到咱们的正题。

我觉得微软的这屏桌面实在很妙，它是远古人类生存环境的再现，看到它的时候，每一个细胞的记忆都被调动，人会情不自禁地安静下来，涌起稳定的愉悦。

不过，再好的东西，终日享受也有厌倦的时候。人是喜新厌旧的动物，这不是缺点，只是弱点。于是人们就各显其能，换上了个性化的桌面。感谢大家，让我在同一个时间内看到了丰富多彩的屏幕桌面。

后来，我就像有窥视癖的心理变态者一样，经常不动声色地悄悄端详别人的电脑。好在大家对电脑中的内容警惕性很高，但对桌面屏幕却采取了大大咧咧、任由参观的态度。

屏幕上什么景色最多？猜一猜。

大多数人都能猜对。屏幕上出现最多的景色是大自然，尤以绿色为多。草地或是森林，还有盛开的天真烂漫的花。

其次是海洋和蓝天。蓝得令人想下跪的大海，翻卷的浪花如羊群一般柔美。朝霞或晚霞，瑰丽如火。

还有很多蝴蝶、禽鸟、热带鱼的图片。

我本来以为会有人物图片，比如恋人啊、孩子啊。有一些，比例不高。还有一点，让人比较吃惊。把自己父母图片当作屏幕的，一个也没有（也许，一打开电脑，就看见父母殷切目光，实在是个压力。躲了吧）。

小小统计之后，我想说，人们是多么渴望在大自然当中遨游啊。

可是，这个简单的期望，并不容易满足。不信，你问问自己，你有多少天没有仰望过星空？还能找到北斗七星的位置吗？你有多少天没有到公园中玩耍，看到盛开的花朵，闻到芬芳了？你有多少天没有听到纯净的流水声，也就是干净的大海和深山的小溪发出的声响？

很多人都会说，很久了很久了。

把电脑屏幕上的大自然换成真的风景吧，迈开你的双腿！

不信，
你问问自己，
你有多少天
没有仰望过星空？
还能找到北斗七星的位置吗？

我们何时外柔内刚

在咨询室米黄色的沙发上，安坐着一位美丽的女性。她上身穿着宝蓝色的真丝绣花 V 领上衣，衣襟上一枚鹅黄水晶的水仙花状胸针熠熠发亮，下着一条乳白色的宽松长裤，有一种古典的恬静花香一般弥散出来。服饰反射着心灵的波光，常常从来访者的衣着中就窥到他内心的律动。但对这位女性，我着实有些摸不着头脑。她似乎是很能控制自己的情绪，安宁而胸有成竹，但眼神中有些很激烈的精神碎屑在闪烁。她为何而来？

您一定想不出我有什么问题。她轻轻地开了口。

我点点头。是的，我猜不出。心理医生是人不是神。我耐心地等待着她。我相信她来到我这儿，不是为了给我出个谜语来玩。

她看我不搭话，就接着说下去。“我心理挺正常的，说真的，我周围的人有了思想问题都找我呢！大伙儿都说我是半个心理医生。我看过很多心理学的书，对自己也有了解。”

她说到这儿，很注意地看着我。我点点头，表示相信她所说的一切。是的，我知道有很多这样的年轻人，他们渴望了解自己，也愿意帮助别人。但心理医生要经过严格的系统训练，并非只是看书就可以达到水准的。

我知道我基本上算是一个正常人，在某些人的眼中，我简直就是成功者。有一份薪水很高的工作，有一个爱我、我也爱他的老公，还有房子和车，基本上也算是快活，可是我不满足。我有一个问题——就是怎样才能做到外柔内刚？

我说，我看出你很苦恼，期望着改变，能把你的情况说得更详尽一些吗？有时，具体就是深入，细节就是症结。

宝蓝绸衣的女子说，我读过很多时尚杂志，知道怎样颔首微笑，怎样举手投足。你看我这举止打扮是不是很淑女？我说，是啊。

宝蓝绸衣女子说，可是这只是我的假象，在我的内心涌动着激烈的怒火。我看到办公室内的尔虞我诈，先是极力地隐忍。我想，我要用自己的善良和大度感染大家，用自己的微笑消弭裂痕。刚开始我收到了一定的成效，大家都说我是办公室的一缕春风。可惜时间长了，春风先是变成了秋风，后来干脆成了西北风。我再也保持不了淑女的风范。

开业务会，我会因为不同意见而勃然大怒，对我看不惯的人和事猛烈攻击，有的时候还会把矛头直接指向我的顶头上司，甚至直接顶撞老板。出外办事也是一样，人家都以为我是一个弱女子，但没想到我一出口，就像上了膛的机关枪，横扫一气。如果我始终是这样也就罢了，干脆做永远的怒目金刚也不失为一种风格。但是，每次发过脾气之后，我都会飞快地进入后悔的阶段，我仿佛被鬼魂附体，在那个特定的时辰就不是我了，而是另一个披着我的淑女之皮的人。我不喜欢她，可她又确确实实是我的一部分。

看得出这番叙述让她堕入了苦恼的深渊，她眼圈都红了。我递给她一张面巾纸，她把柔柔的纸平铺在脸上，并不像常人那般上下一通揩擦，而是很细致地在眼圈和面颊上按了按，怕毁了自己精致的妆容。待她恢复平静后，我说，那么你理想中的外柔内刚是怎样的呢？

宝蓝绸衣女子一下子活泼起来，说我给你讲个故事吧。那时我在国外，看到一家饭店冤枉了一位印度女子，明明道理在她这边，可饭店就是诬她偷拿了某盏贵重的台灯，要罚她的款。大庭广众之下，众目睽睽的，非常尴尬。要是我，哼，必得据理力争，大吵大闹，逼他们拿出证据，否则绝不甘休。那位女子身着艳丽的纱丽，长发披肩，不温不火，在整个两个小时的征伐中，脸上始终挂着温婉的笑容，但是在原则问题上却是丝毫不让。面对咄咄逼人的饭店侍卫的围攻，她不急不恼，连语音的分贝都没有丝毫的提高，她不曾从自己的立场上退让一分，也没有一个小动作丧失了风范，头发丝的每一次拂动都合乎礼仪。

那种表面上水波不兴、骨子里铮铮作响的风度，真是太有魅力啦！宝蓝绸衣女子的眼神充满了神往。

我说，我明白你的意思了，你很想具备这种收放自如的本领，该硬的时候坚如磐石，该软的时候绵若无骨。

她说，正是。我想了很多办法，真可谓机关算尽，可我还是做不到。最多只能做到外表看起来好像很镇静，其实内心躁动不安。

我说，当你有了什么不满意的时候，是不是很爱压抑着自己？宝蓝绸衣女子说，那当然了。什么叫老练，什么叫城府，指的就是这些啊。人小的时候天天盼着长大，长大的标准是什么？这不就是长大嘛！人小的时候，高兴啊懊恼啊，都写在脸上，这就是幼稚，是缺乏社会经验。当我们一天天成长起来，就学会了察言观色，学会了人前只说三分话，未可全抛一片心。风行社会的礼仪礼貌，更是把人包裹起来。我就是按着这个框子修炼的，可到了后来，我天天压抑着自己的真实情感，变成了一个面具。

我说，你说的这种苦恼我也深深地体验过。在阐述自己观点的时候，在和别人争辩的时候，当被领导误解的时候，当自己一番好意却被当成驴肝肺的时候，往往就火冒三丈，也顾不得平日克制而出的彬彬有礼了，也记不得保持风范了，一下子义愤填膺，嗓门也大了，脸也红了。

听我这么一说，宝蓝绸衣的女子笑起来说，原来世上也有同病相怜的人，我一下子心里好过了许多，只是后来您改变了吗?

我说，我尝试着改变。情绪是一点一滴积累起来的，我不再认为隐藏自己真实的感受是一项值得夸赞的本领。当然，成人不能像小孩子那样，把所有的喜怒哀乐都写在脸上，但我们的真实感受是我们到底是一个怎样的人的组成部分。如果我们爱自己，承认自己是有价值的，我们就有勇气接纳自己的真实情感，而不是笼统地把它们隐藏起来。一个小孩子是不懂得掩饰自己的内心的，所以有个褒义词叫作“赤子之心”。当人渐渐长大，在社会化的过程中，学会了把一部分情感埋在心中。在成长的同时，也不幸失去了和内心的接触。时间长了，有的人以为凡是表达情感就是软弱，要把情感隐蔽起来，这实在是人的一个悲剧。

我们的情感，很多时候是由我们的价值观和本能综合形成的。压抑情感就是压抑了我们心底的呼声。中国古代就知道，治水不能“堵”，只能疏导。对情绪也是一样，单纯的遮蔽只能让情绪在暗处像野火的灰烬一样，无声地蔓延，在一个意想不到的地方猛地蹿出凶猛的火苗。这个道理想通之后，我开始尊重自己的情绪，如果我发觉自己生气了，我不再单纯地否认自己的怒气，不再认为发怒是一件不体面的事情，也不再竭力用其他的事件分散自己的注意力。因为发自内心的愤怒在未被释放的情况下，不会像露水一样无声无息地渗透到地下销声匿迹，它们潜伏在我们心灵的一角，悄悄地发酵，膨胀着自己的体积，积攒着自己的压力，在某一个瞬间，就毫不留情地爆发出来。

如果我发觉自己生气了，就会很重视内心感受，我会问自己，我为什么而生气？找到原因之后，我会认真地对待自己的情绪，找到疏导和释放的最好方法，再不让它们有长大的机会。

举个小例子，有一段时间我一听到东北人说话的声音心中就烦，经常和东北人发生摩擦，不光在单位里，就是在公共汽车上或是商场里，也会和东北籍的乘客或是售货员争吵。终于有一天，我决定清扫自己这种恶劣的情绪。我挖开自己记忆的坟墓，抖出往事的尸骸。那还是我在西藏当兵的时候，一个东北人莫名其妙地把我骂了一顿，反驳的话就堵在我的喉咙口，但一想到自己是个小女兵，他是老兵，我该尊重和服从，吵架是很幼稚而不体面的表现，就硬憋着一言不发。那愤怒累积着，在几十年中变成了不可理喻的仇恨，后来竟到了只要听到东北口音就过敏反感，非要吵闹才可平息心中的阻塞，造成了很多不必要的误会。

我把我的故事对宝蓝绸衣的女子讲完了，她说，哦，我有了一些启发。外柔内刚的柔只是表象，只是技术，单纯地学习淑女风范，可以解决一时，却不能保证永远。这种皮毛的技巧，如果弄巧成拙也许会使积聚的情绪无法

宣泄，引起某种场合的失控。外柔需要内刚做基础，而内刚不是从天上掉下来的，是靠自我的不断探索。

我说你讲得真好，咱们都要继续修炼，当我们内心平和而坚定的时候，再有了一定表达的技巧，就可以外柔内刚了。

我们的情感，
很多时候是由我们的价值观
和本能综合形成的。
压抑情感
就是压抑了我们心底的呼声。

向一个小斑点致敬

总得有人在生命的中途谈谈死亡这件事吧！这不是一个轻松的题目，好在人生原本就不轻松，再加上一点分量也无妨。

常常写作和死亡有关的文章，有朋友管我叫“乌鸦嘴”。她说，你说点高兴的事好不好啊？这样就会有更多的人喜欢看你的书了。

我愿意更多的人喜欢我的书，但是让我不谈死亡，我做不到。我并不以死亡作为一个噱头，或是借此哗众取宠，实在是事关重大。

死亡不是随随便便就可以说的，因为它神圣和庄严。我们不能对自己最后的归宿掉以轻心。我们不能一生都圆满，结尾时却撕裂虚无。因为尊重生命的全过程，我希望在自己尚耳聪目明的时候，和愿意探索此道的朋友们，聊聊死亡。

我去过临终关怀医院，在死过无数人的床上，静静地躺了一阵子。我之所以说它是一阵子，没有给出一个确切的时间，是因为那段时间无法计量。我看到墙壁上有一个凸起的圆点，正好在我的右臂上方，我轻轻抬起右臂，就可以抚摸到那个圆斑。在昏黄的光线下，我用右手食指指肚，慢慢地扪向它，好像它是一只白色的瓢虫。

正是暮色四合的辰光，可以开灯也可以不开灯的时分，光线每一分钟都在暗淡下去，但还依稀可以看清室内所有的细节。我没有开灯，我觉得在自然光线下，躺在临终老人们的卧榻之上，可以更从容地感受到他们的生命渐行渐远的情境。

我以为那个斑点像硬甲虫的背壳，有轻微的弧度，但是，我错了。或许它原来的确是有一点隆起的，现在摸过去，在清凉的墙漆表面，它是光滑的，甚至有一点点油腻。这使得它在越来越浓厚的橘汁样的暗淡光线中，闪着白蜡样的光泽，甚至，它在蠕动。

那一瞬间，我吓了一跳。我觉得这个斑点是有生命的，在向我讲述着什么。它在讲什么呢？这个看起来像圆痔一样突起，实则却很平坦光润的斑点，有什么要我转述人间？

我凝视着它，并缓缓地用我的各个手指的指肚掠过它，稍稍用力，好像要把它压回到素墙里。实话实说，临终关怀医院的条件是比较简陋的，虽然可以满足一般的治疗和看护，病房的设备却说不上豪华。墙面不是用的那种叫作××丽的涂料，只是粉刷了最简单的乳胶漆。墙面也不很平，小的凹凸随处可见。我面前的这个小斑点，便是当初粉刷不均匀的孑遗。在比它稍高的地方还有好几处，只是要支起身体略略攀缘才可够得到。我伸长了手臂，把身体略抬起来，我成功地摸到了那几个圆斑点，它们与我身边的这个斑点可说是一奶同胞。

在我抚摸几个斑点的时候，一种奇怪的感觉像潮水一样舒缓升起，继而充斥全身。我一时没有搞清这是为什么，在几近浓黑的暗色中，斑点们好似猫头鹰的眼睛。

我尽量让自己把呼吸放慢，让血液流向大脑。终于，我明白了。斑点们并不像一眼看上去那样相似，甚至可以说它们有着原则性的不同。高处的那些斑点都是凸起来的，但我面前的这个不是。它是平坦的，如果说得更精细一些，它似乎还有一点凹陷。

这是为什么？答案只有一个。

我手指扪及的这个斑点，在它最初形成的时候，也是略微突起的，和它的那些难兄难弟一样，鼓出墙面。然而，它恰好位于濒死之人的手指可以触摸到的地方。这样，那些将要死去的人，在他们最后的时光中，会无数次地用手指去抚摸这个凸起来的小斑点。日复一日，这个小斑点一定成了他们的朋友，直到他们再也无法用自己枯槁的手指传达问候，直到他们的手指像铅坠一样永远地垂下……然后又会有新的人，躺在这张床上（顺便说一句，临终关怀医院的床位是很紧张的），重复这最后的游戏……

岁月磨去了这个小斑点的弧度，让它变得和周围一样平坦。假以时日，这个小斑点也许还会继续凹陷下去。某一天，也许成为一个小坑……

我不禁肃然起敬，向这个小斑点致敬！它给予了多少临终人成就感和欢愉的游戏感，我们已无从得知，但我相信那一定千真万确地滋生过，存在过。

人到了最后的关头，能够完成的，就是在身边咫尺之遥的范围内极简单的动作了。我由此想到，如果你有什么要说的话，一定要尽早说，不然就无人能听到。如果你有什么要做的事，要趁着血脉充盈之时赶快做，不要等到心有余而力不足。

那天，想到这里，我一骨碌从临终的床位上爬了起来，走出房门。我决定，在我有生之年，在我耳聪目明的时候，就开始为了临终和死亡的问题思索和呼吁。不然到了我奄奄一息的时候，即使有无限多的想法，也只有交付墙上的小坑洼。

那就不但是我的损失，也辜负了生命的整个过程。

我们不能对自己
最后的归宿掉以轻心。
我们不能一生都圆满，
结尾时却撕裂虚无。

别给人生留遗憾

年轻的朋友们，能有这样一个机会，和大家谈谈我的青年时代，谈谈我这一个人生有没有遗憾，谢谢给了我这样一个机会。关于“遗憾”，我查过词典，词典里有各式各样的解释，我最喜欢的一个解释就是——能够去满足的心愿，可是我们没有去完成，深感惋惜。我想跟大家说的第一件事，就是在我年轻的时候，真是有一件万分遗憾的事情，那件事情如果发生了，我今天根本就不可能站在这里和大家做这样的一番分享。

1969 年的时候，我不到十七岁，就穿上军装从北京出发到达新疆，我们坐上了大卡车，经过六天的奔波，翻越天山，到达了南疆的喀什，我的战友们都留在了新疆的喀什。我们五个女兵又继续坐上大卡车向藏北出发了，这一次，这个世界在我的面前，已经不是平坦的了，它好像完全变成了一个竖起来的世界，每一天的海拔，从 3000 米到 4000 米，从 4000 米到 5000 米，直到最后，翻越了 6000 米的界山达坂，它是新疆和西藏分界的山脉，进入了西藏阿里，我恍惚觉得这已经不再是地球了，它荒凉的程度，让我觉得这里是不是火星或者是月亮的背面。

我记得 1971 年的时候，我们要去野营拉练，时间正好是寒冬腊月。我们要背着行李包，要背着红十字箱，要背上手枪，要背上手榴弹，还有几天的干粮，一共是六十斤重。高原之上，寒冬腊月，滴水成冰，当时的温度已经是零下四十摄氏度。有一天，凌晨三点钟，就吹起了起床号，说我们今天要翻越无人区，无人区一共有一百二十华里，中间不可以有任何的停留，要一鼓作气地走过去，因为那里条件特别恶劣，而且没有水。

走啊走啊走啊走啊，走到下午两三点的时候吧，我觉得那个十字背包带，就全部嵌入到我的锁骨里面去了，一句话都说不出来。我觉得喉头不断地在发咸发苦，我想我要吐一口肯定是血，我想这样的苦难何时才能结束呢，我想我年轻的生命，为什么我所有的神经末梢，都用来忍受这种非人的痛苦。我当时就做了一个决定，今天此刻我一定要自杀，不活了，面对的这种苦难无法忍受。这样决定了以后，我就开始打算什么时间坠崖而亡。我就这样不断地在找，不断地在找合适的时机，终于我找到了一个特别适合的地方，往上看就是峭壁高耸，往下看是深不见底的悬崖，我想我只要松下手掉下去，我一定会死。但是在最后一刹那，我突然发现我后面的那个战友，他离得我太近了，我如果下去的话，一定会把他也带到悬崖之下，我在想我已经决定要死，可是我不应该拖累了别人。队伍在行进中，这样的好时机也是稍纵即逝，之后地势又变得比较平坦，我再想找这么一个地方，就不容易了。

这样走着走着天黑了，我们走到了目的地。一百二十里路就这样走过去了，背负着那六十斤的负重，也一两都不少地被我背到了目的地。我站在那个雪原之上，把自己的全身都摸了一遍，每一个指关节，自己的膝盖，包括我的双脚，我确信在经历了这样的苦难之后，我的身体上连一根头发都没有少。那一天给了我一个特别深刻的教育，那就是当我们常常以为自己顶不住的时候，并不是最后的时刻，而是我们的精神崩溃了。那你只要坚持精神的重整，坚持精神的出发，哪怕是万劫不复的情景，也依然可以去找到它的出口，也依然可以坚持过来。

我知道，年轻的朋友们，在我们的生活当中，会有各式各样的苦难。有的时候有的家长跟我说：您能告诉我一个方法吗，让我的孩子少受苦难？我说我能告诉你的，唯一可以确定的事情是，你的孩子必然遭受苦难。而且我们年轻的时候，我们的神经是那么敏感，我们的记忆是那么清晰，我们的感情是那么充沛，我们每一道伤都会流出热血。所以尽管有很多人告诉你们，年轻是一个人最美好的时代，我也想告诉你，年轻是我们痛苦的时候，我们会留下很多很多的遗憾。那么最大的遗憾，就是断然结束自己的生命，我想这是对生命的大不敬。而且以我个人的经历来讲，那一天我没有结束自己的生命，我坚持下来了，我才发现，原来那最不可战胜的，并不是我们的遭遇，而是我们内心的坚强。

日本有一位医生，他的工作就是专门照顾那些临终的病人。他和大约一千名临终的病人谈过以后，总结出了二十五条人生的遗憾，其中包括：没有吃到美食，没有回过自己的故乡，自己的孩子没有结婚，等等。

我和这位医生也深有同感，因为我曾经去过临终关怀医院，也陪伴着那些临终的人，走向他们生命的最后时刻，也跟他们有过很多倾心的交谈。我曾经到一间临终的病房，那是一位八十岁的老人，连他的儿女们都不再陪伴在他的身边了。他的儿女们都在外面，说他们不忍心看到那最后一刻，我说那我愿意进去陪伴他。我走进那个房间，深深地吸了一口气。我觉得在这个空气里有很多很多临终病人最后吐出的气息。然后我躺在那位老人的身边，摸着他的手，然后那个老人轻轻地跟我说了一句话，他说我觉得我这一辈子，怎么好像没活过啊。

我今天把这个故事和年轻的朋友们来分享，是想说，我们每一个人的生命都是一张单程的火车票，我们每一个人都没有拿到往返的那张票。所以生命从我们出生那天开始，它就像箭一样射向远方，我们能够在自己手里把持住的，就是我们此时此刻，这无比宝贵的生命。

我特别想说，我希望我们的理想服从于我们的价值观。在我们的心里，能够燃烧起熊熊火焰的，并且给我们的一生以指引和动力的，是我们对于自己认为最美好的那些价值的追求。

举个我个人的小例子，2008 年的时候，我终于用我的稿费买了一张船票开始去环球旅行。走啊走啊，走了没多远，才走到中国南海，就知道我们的汶川发生地震。船上有一千多个外国客人，只有我们六个中国人，可是我说，我们一定要为中国发起一场募捐。后来我们的团队里有人就说，那些外国人要是不给咱们捐钱，我们多么丢脸哪。我说，可是我们中国人要不为自个儿的祖国做点什么，那才是丢脸呢。我们说我们一定捐美元和欧元，这样的话，会让我们那个（捐款）数字变大，如果我们都捐人民币，人家会觉得是我们自己捐的，我们捐美元和欧元，但是当所有的钱都揽到一起的时候，船长对我说，里面有两千元人民币。

我们只有六个人的，这很容易查呀，吃饭的时候，我们就互相问：谁捐的人民币？我们不是说了要捐美元和欧元吗？最后我们六个人说，我们都没有捐人民币，后来我就跟船长说，这船上除我们以外还有中国人吗？船长说在深不见底的底舱有，不过他们永远不能到甲板上来的，那些工人里有你们中国人。我回到北京就把这个钱捐了，捐了以后，北川中学知道我回国了就打来电话，说希望让我到北川中学去当一次语文老师，因为我有一篇小散文，叫作《提醒幸福》，是收在全国统编教材初中二年级的课本里。

我不怕地震，可是我有点怕我写的这篇文章的题目，它叫《提醒幸福》。那样的大震之后，他们的老师有伤亡，他们的同学有很多很多再也不能回到教室里，我要去跟他们讲“提醒幸福”。我觉得在这种困难的情况下，幸福在哪里？但是那一次北川中学之行，给予了我巨大的教育。因为北川中学初中二年级的所有同学会聚在一起，他们告诉我说，他们是世界上最幸福的人。我说你们说自己是最幸福的人，谁能告诉我你们幸福在哪里，后来他们告诉我：那么多人死了我们还活着，这就是幸福。

我们在马路上看到，那么多的汽车后面，有的写着北京的京，有的写着广东的粤……他们说我们可以看到全中国所有省份的汽车，我们就觉得全国人民在帮助我们，大震才过去十几天，我们今天就可以恢复读书了，难道我们还不是世界上最幸福的人吗？我听了以后真的热泪盈眶，我才知道在生死面前，最宝贵的东西是什么，我们重新享有我们生命的时候，一定要把自己价值观中那些最重要的东西放在前面。

我下个月会出发到非洲去，我真的觉得那是我的一个愿望，如果我不抓紧实现它的话，我会越来越老，身体也会慢慢地有更多的问题，眼睛不再那样明亮，看不了非洲的动物，也许我的思维就不会那么敏捷。对于那样灿烂的文化和悠远的历史，我理解起来，回忆起来，可能就会有困难，然后还要翻山越岭，万一自己跑不动被狮子追上了，是不是也有点危险。

所以如果你有愿望，如果你真的还有力量去实现它，我觉得一定要即刻就出发，去完成自己的愿望，让自己更少地遗憾。人生是一个漫长的过程，年轻是多么美好，但是请你们记得，记得有很多的东西，当你不懂的时候，你年轻，当你懂得了以后，你已年老。

那么让我们的理想不要变成化石，让我们现在就行动起来，去实践我们的理想，让我们的人生少些遗憾。

生命从我们出生那天开始，
它就像箭一样射向远方，
我们能够在自己手里把持住的，
就是我们的此时此刻。

过去不等于未来

在新泽西州市郊的一座小镇上，一个由二十六个孩子组成的班级被安排在教学楼最里面一间光线昏暗的教室里。他们中所有的人都有过不光彩的历史：有人吸过毒、有人进过管教所、有一个女孩子甚至在一年之内堕过三次胎。家长拿他们没办法，老师和学校也几乎放弃了他们。

就在这个时候，一个叫菲拉的女教师担任了这个班的辅导老师。新学年开始的第一天，菲拉没有像以前的老师那样，首先对这些孩子进行一顿训斥，给他们一个下马威，而是为大家出了一道题：

有三个候选人，他们分别是——

A. 笃信巫医，有两个情妇，有多年的吸烟史，而且嗜酒如命；

B. 曾经两次被赶出办公室，每天要到中午才起床，每晚都要喝大约一公升的白兰地，而且曾经有过吸食鸦片的记录；

C. 曾是国家的战斗英雄，一直保持素食习惯，热爱艺术，偶尔喝点酒，年轻时从未做过违法的事。

菲拉给孩子们的问题是：

如果我告诉你们，在这三个人中，有一位会成为众人敬仰的伟人，你们认为会是谁？猜想一下，这三个人将来各自会有什么样的命运？

对于第一个问题，毋庸置疑，孩子们都选择了C；对丁第二个问题，大家的推论也几乎一致：A和B的命运肯定不妙，要么成为罪犯，要么就是需要社会照顾的废物。而C呢，一定是一个品德高尚的人，注定会成为精英。

然而，菲拉的答案却让人大吃一惊。“孩子们，你们的结论也许符合一般的判断，但事实是，你们都错了。这三个人大家都很熟悉，他们是二战时期的三个著名人物——A是富兰克林·罗斯福，他身残志坚，连任四届美国总统；B是温斯顿·丘吉尔，英国历史上最著名的首相；C的名字大家也很熟悉，他叫阿道夫·希特勒，一个夺去了几千万无辜生命的法西斯元首。”学生们都呆呆地瞅着菲拉，他们简直不相信自己的耳朵。

“孩子们，”菲拉接着说，“你们的人生才刚刚开始，以往的过错和耻辱只能代表过去，真正能代表一个人一生的，是他现在和将来的所作所为。

“每个人都不是完人，连伟人也有过错。从过去的阴影里走出来吧，从现在开始，努力做自己最想做的事情，你们都将成为了不起的优秀的人才……”

菲拉的这番话，改变了二十六个孩子一生的命运。如今这些孩子都已长大成人，他们中有的做了心理医生，有的做了法官，有的做了飞机驾驶员。

值得一提的是，当年班里那个个子最矮，也最爱捣乱的学生罗伯特·哈里森，后来成了华尔街上最年轻的基金经理人。

“原来我们都觉得自己已经无可救药，因为所有的人都这么认为。是菲拉老师第一次让我们觉醒：过去并不重要，我们还有可以把握的现在和将来。”孩子们长大后这样说。

有一位心理学家说过这样的话：你对孩子怎样描述，他们就怎样以你描述的样子成长。你说他是个无赖，他就会慢慢变得像个无赖；你说他聪明，他就可能真的变得十分聪明。

许多成人不断在用自己的偏见扼杀孩子的美质，他们自己却一点儿都不知道。

过去并不重要，
我们还有
可以把握的现在和将来。

击碎无所不在的尺

以最平凡的态度，做最不平凡的事情，这就是“平常心”的真谛了。

“平常心”这几个字，说的人多，真正明白的人没有那么多。因为“平常”，并不是听之任之，随波逐流，而是一种务实而踏实的人生态度，并不像我们想象的那样容易，是高度智慧的不经意表现，是坚强意志的莞尔一笑。

如果别人对你没有要求，其实是很惨的事情。你被放逐了，你会觉得无价值感，会丧失了归属感。所以，当别人对你有很高要求的时候，你不必沮丧。那正是他高看你的能力，以为你能够胜任。当然了，如果确实超出了你的范畴，你可以提出看法，但不必垂头丧气。

到处是尺。尺度要人命。身高是尺，因为它赫然列在征婚条件的前几行。体重是尺，因为它和很多人的自我形象密切相关。职务是尺，简直就是衡量你是否进步的唯一阶梯。排名是尺，无论在国际上还是在国内省内校内班内，都是你的资格和位置的标杆。然而，设立尺的那个人是谁？人们已经忘记。

把自己从尺度中救出来，是当务之急。

永远不要把别人的进步，当成衡量你自己有无能力的尺度。那是不自信的人惯用的方式。无论是对自己还是对别人，万勿期望太高。所以，同学聚会的时候，你尽管放松，我们因为过去的友谊而重逢，这并不是今日近况的比武场。

永远不要把别人的进步，
当成衡量你自己有无能力的尺度。

放弃并不等于失败

放弃争夺，并不是拱手让别人赢，只是舍去和远离。我不和你们赛跑，并不表示自己的失败，只是说明我们没有开始比赛。

人生似乎离不开比赛，但其实，人生根本就不是比赛，你和谁都不需要比。如果一定要找到对手，那就是死亡，但结局已经注定，所以，这也不是比赛，只是过程。承认在某些问题上的无能为力，你反而可以把更多的力量，投入真正可以取得成效的领域。

我年轻的时候，常常羞于说出自己已黔驴技穷。我总想挣扎，总以为凭着自己不懈的努力，可以扭转乾坤。现在，我这样坚持的时候越来越少了。我常常退却，因为我知道一己微弱，有时要暂时偃旗息鼓，但我不会放弃，不过是换了另外一种节奏的步伐。

放弃并不等于失败，因为你没有参加比赛，所以那个结果与你无干。但放弃也不等于成功，因为你缺席了，结果是躲避和退让。如果是一次，可以算作一个策略；如果常常如此，你就在实际上放弃了多彩的人生。

人的一生，不能不放弃。一次都不放弃的人生，是不现实的。起码，你最后一次是要放弃生命，你不想放弃也不行，有自然规律管着呢，在这之前，你还曾放弃过青春，放弃过健康，也可能放弃过理想，放弃过亲人……

不管你喜欢还是不喜欢，你必须放弃。

放弃是个强有力的席卷者，最后会将我们所有的一切都打包带走。所以，学会和放弃和平共处吧。你越早学会，越受益无穷。因为放弃不是失败，只是一个阶段。

随着年龄的增长，我们的生命越来越由我们的选择来塑造。你活得越久，你的选择就越多，你就越要小心地做出决定。但是，也不可事事都放弃，你不能总是这样，那是懦夫和懒汉的哲学。

一次都不放弃的人生，
是不现实的。

留一罐回忆的泡泡糖

回忆是个很奇妙的东西，如果是回忆幸福，那就好比一罐子泡泡糖；如果回忆苦闷，就是嚼了金鸡纳树皮（据说这种树皮极苦）。

负面的回忆一开始，就赶紧打住。因为每个人内心的能量，并不像我们想象的那般强大。

不要制造剑拔弩张的险情，考验我们饱经磨砺的灵魂。我们的情绪依循着单向的险情，由俭入奢易，由奢入俭难。

我们常常会说，等待时间吧。时间可以愈合一切，但时间并不能解决所有问题。没有处理过的负面回忆就像用冰雪掩埋的尸体，一旦表面的冰雪被风暴吹走或是消融，尸体就会重新栩栩如生地显现，打我们一个措手不及。

请你有意识地将这些回忆重新拾起，破碎的将它黏合，只看到反面的把正面也翻过来瞅一瞅，搞错了的重新恢复原状。最主要的是赋予它们不同的解释和意义，你的伤口才有可能真正愈合。而另外一些伤口，用羊肠线不能缝合，用止血钳不能锁闭，用皮肤不能覆盖，只能犹如鱼嘴般敞开着，直到墓土将它们掩埋。

但无论表面上我们如何伤痕累累，一蹶不振，破败不堪，我们依然是有价值的。这个价值与生俱来，谁也剥夺不走。除了你自己，没有任何人可以让你贬值。我们不能改变已经发生的事件，但可以改变这些事件对我们的影响。不要让过去破坏我们享受眼前美好快乐的能力。

生活中的痛苦就像盐，看你把它溶解在一个多大的容器中。如果放入一只袖珍的奶锅，完蛋了，你会被腌成酱菜。如果是海湾，那便云淡风轻了。

时间可以愈合一切，
但时间并不能解决所有问题。

发出声音永远是有用的

有一年，我应邀到一所中学演讲。中国北方的农村，露天操场，围坐着几千名学生，他们穿着翠蓝色校服，脸蛋呈现出一种深紫的玫瑰红色。冬天，很冷。

我从不曾在这样冷的地方讲过这么多的话。虽然我以前在西藏待过，经历过零下40摄氏度的严寒，但那时军人们急匆匆像木偶一般赶路，缄口不语，说话会让周身的热量非常快地流失。这一次，吸进冷风，呼出热气，在腊月的严寒中面对着一群眼巴巴的农村少年谈人生和理想，我口中吐冒一团团白烟，像老式的蒸汽火车头。

演讲完了，我说，谁有什么问题，可以写个纸条。这是演讲的惯例，我有什么地方说得不妥当，请大家指正。孩子们掏出纸笔，往手心哈一口热气，纷纷写起来。老师们很负责地在操场上穿行，收集字条。

我打开一张纸条。上面写着：我很生气，这个世界是不平等的。比如，我为什么是一个女孩呢？我的爸爸为什么是一个农民，而我同桌的爸爸却是县长？为什么我上学要走那么远的路，我的同桌却坐着小汽车？为什么我只有一支笔，他却有那么大的一个文具盒？

我看着那一排钩子一样的问号，心想这是一个充满了愤怒的女孩，如果她张嘴说话，一定像冲出了一股乙炔，空气都会燃起蓝白的火苗。

我大声地把她的条子念了出来。那一瞬，操场上很静很静，听得见遥远的天边，有一只小鸟在嘹亮地歌唱。我从台子上望下去，一双双乌溜溜的眼珠，在玫瑰红色的脸蛋上瞪得溜圆，还有人东张西望，估计他们在猜测纸条的主人。

据说孩子们在妈妈的肚子里就能体会到母亲的感情。很多女孩子从那个时候，就感受到了这个世界的不平等，因为你不是一个男孩，你不符合大家的期望。

这有什么办法吗？没有。起码在现阶段，没有办法改变你的性别。你只有认命。我在这里说的“命”，不是虚无缥缈的命运，而是指你与生俱来的一些不能改变的东西。比如你的性别，比如你的相貌，比如你的父母，比如你降生的时间地点……总之，在你出生以前就已经具备的这些东西，都不是你所能左右的。你只能安然接受。

不要相信对你说这个世界是平等的那些话，在现阶段，这只是一厢情愿。不过，你不必悲观丧气，其实，世界已经渐渐在向平等的灯塔航行。比如 100 年前，你能到学堂里来读书吗？你很可能裹着小脚，在屋里低眉顺眼地学做女红。县长的儿子，在那个时候，要叫作县太爷的公子了，你怎么可能和他成为同桌？

在争取平等的路上，我们已经出发了。记住，没有什么人承诺和担保你一生下来就享有阳光灿烂的平等。你去看看动物界，就知道平等是多么罕见了。平等是人们智慧的产物，是维持最大多数人安宁的策略。你明白了这件事情，就会少很多愤怒，多很多感恩。你已经享受了很多人奋斗的成果，你的回报，就是继续努力，而不是抱怨。

身为女子，你不要对这样的不平等安之若素。你可以发出声音。说了和没有说，在暂时的结果上可能是一样的，但长远的感受和影响是不一样的，对你性格的发展是不一样的。而且，只要你不断地说下去，事情也许就会有变化。记住，发出声音永远是有用的，因为它们可能会被听到并引发改变。

说实话，让一个受到忽视的女孩子很小就发出对于自己不公平待遇的呐喊，几乎是不可能的。但我思索再三，还是决定保留这个期望。因为今天的女孩，也可能变成明天的母亲。如若她们因循守旧，照样端起了不平等的衣钵；如若她们的女儿发出呼声，也许能触动她们内在的记忆，事情就有可能发生变化。当然了，如果女孩子长大了，到了公共场合，这一条就更要记住并择机实施。

记住，呐喊是必须的，就算这一辈子无人听见，回声也将激荡久远。

发出声音永远是有用的，
因为它们可能会被听到
并引发改变。

每只小狗都有一个目标

有一对夫妇有两个孩子，一个叫莎拉，一个叫克里斯汀。当孩子还小的时候，父母决定为她们养一只小狗。小狗抱回来以后，他们想请一位朋友帮忙训练这只小狗。他们搂着小狗来到朋友家，安然坐下。在第一次训练前，女驯狗师问："小狗的目标是什么？"夫妻俩面面相觑，很是意外，他们实在想不出狗还有什么另外的目标，嘟囔着说："一只小狗的目标？那当然就是当一只狗了。"女驯狗师极为严肃地摇了摇头说："每只小狗都得有一个目标。"

夫妇俩商量之后，为小狗确立了一个目标——白天和孩子们一道玩，夜里要能看家。后来，小狗被成功地训练成了孩子的好朋友和家中财产的守护神。

这对夫妇就是美国的前任副总统阿尔·戈尔和他的妻子迪帕。他们牢牢地记住了这句话——做一只狗要有目标。推而广之，做一个人也要有目标。

在现实生活中，却有太多太多的人，没有目标。其实寻找目标并不是一件太难的事，关键是你要知道天下有这样一件唯此唯大的事，然后尽早来做。正是你自己需要一个目标，而不是你的父母或是你的老师或是你的上级需要它。它的存在，和别人的关系都没有和你的关系那样密切。也就是说，它将是你最亲爱的伙伴，其血肉相连的程度，绝对超过了你和你的父母、你和你的妻子儿女、你和你的同伴及领导的关系。你可能丧失了所有的财产和所有的亲人，但只要你的目标还在，你就还有一个完整的系统存在，你就并不孤独和无望。

我们常常把别人的期待当成了自己的目标，在孩童的时候，这几乎是顺理成章的事情。但是，你会渐渐地长大，无论别人的期望是怎样美好，它也不属于你。除非有一天，你成功地在自己的心底移植了这个期望，这个期望生根发芽，长成了你的目标。那时，尽管所有的枝叶都和原本的母本一脉相承，但其实它已面目全非，它的灵魂完完全全只属于你，它被你的血脉所濡养。

我们常常把世俗的流转当成自己的目标。这一阵子崇尚钱，你就把挣钱当成了自己的目标。殊不知钱只是手段而非目标，有了钱之后，事情远远没有结束。把钱当成目标，就是把叶子当成了根。目标是终极的代名词，它悬挂在人生的瀚海之中，你向它航行，却永远不会抵达。你的快乐就在这跋涉的过程中流淌，而并非把目标攫为己有。从这个意义上说，钱不具备终极目标的资格。过一阵子流行美丽，你就把制造美丽、保存美丽当成了目标。殊不知，美丽的标准有所不同，美丽是可以变化的，目标却是相当恒定的。美丽之后你还要做什么？美丽会褪色，目标却永远鲜艳。

有人把快乐和幸福当成了终极目标，这也值得推敲。快乐并不只是单纯的快感，类乎饮食和繁殖的本能。科学家通过研究，发现最长远、最持久的快乐，来自你的自我价值的体现。而毫无疑问，自我价值从属于你的目标感，一个连目标都没有的人，何谈价值呢！

一棵树的目标也许是雕成大厦的栋梁，也许是撑一把绿伞送人阴凉。也许是化作无数张白纸传递知识，也许是制成一次性筷子让人大快朵颐……还有数不清的可能性，我们不是树，我们不可能穷尽也不可能明白树的心思。我们是人，我们可以为自己确立一个目标，这是做人的本分之一。

最长远、最持久的快乐，
来自你的自我价值的体现。

顽强比坚强更重要

人对自己的生活，肯定是要有规划的，但当新的事件发生的时候，你要有能力修改自己的计划。当然，我这里说的是比较短期的计划，而不是讲你的人生目标翻手为云、覆手为雨地变个不停。如果你不能放下已经规划好的生活，就无法迎接那些等待着你的新的生活。

走错了，能不能回到开始的那一点，重新开始？有的时候可以，大部分时候，不可以。因为你已经输掉了信任和时间。人不可能重新踏入同一条河流，更不要说同一个起点了。每一个变数都会影响发展的方向和进程，对此，我们要有充分的思想准备。

那些非常善于逃跑的人，第一次，跑就跑了吧。第二次，也容他再跑一次吧。但第三次，就不应该再放任自己或是他人了。总是放弃，断没有前进。

创造力充沛的人，通常要有一颗小孩子一样的心，充满了好奇感。好奇这个品质，在小孩子是天然，在大人就需要刻意保持。所说的刻意，不是让你处处装出大惊小怪的样子，而是一种发自内心的、探索这个世界的乐趣。这并不难，因为世界本来就充满了未知的领域，你只要不有意磨灭自己探索的眼光，好奇心就会像忠诚的宠物，寸步不离。

要有幽默感，幽默感的产生，来源于对自己的接纳，对人类境况的接受，而后就有了玩笑感。幽默应该是没有敌意的，有敌意的，那就叫作挖苦了。如果你不会幽默，这也没什么好自卑的，也不需要特意去学习。保持你原来的样子就好，不必太在意。

对一个成功的人说，其实顽强比坚强更重要。“坚”的意思是摧不垮的，但顽强，除了硬度这一条，还特别强调了千百次的概念。“顽”是什么意思？冥顽不化啊。相信自己，决不改变。

每一个变数都会影响发展的方向和进程。

像烟灰一样放松

有一位射击的朋友，极端地冷静。他常在非常危急的情势下，弹无虚发。我向他请教这其中的要领，他说，最大的诀窍是你要像烟灰一样放松。只有放松，全部潜在的能量才会释放出来，协同你达到完美。

我对他的话似懂非懂，但从此我开始注意以前忽略了的烟灰。烟灰非常松散，几乎是没有重量和形状的。它们懒洋洋地趴在那里，好像在冬眠。其实，在烟灰的内部，栖息着高度警觉和机敏的鸟群，任何一阵微风掠过，哪怕只是极轻淡的叹息，它们都会不失时机地腾空而起、驭风而行。它们的力量来自放松，来自一种飘扬的本能。本身没有结构，没有动力，甚至是微不足道的烟灰，却能够利用能量，飞向远方。

人们啊，需要常常提醒自己，像烟灰一样放松。放松不是无所事事，不是听天由命，不是随波逐流。放松是一种高度的自信，放松是一种磨炼之后的整合，放松是举重若轻、玉树临风。当你放松的时候，你所有的岁月和经验，你的勇气和智慧，便都厉兵秣马，集合于你内心，情绪就会安然从容，勇气就会源源不断。你不一定能胜利，但你能竭尽全力参与过程。

最大的诀窍是
你要像烟灰一样放松。

生命和死亡如影随形

我为什么要谈论死亡？这使我像猫头鹰一样被认作不祥。

有人语重心长地对我说，人间已经有够多的恐惧和害怕，为什么还要在不痒的地方开始搔扒？何苦呢？你这不是自寻烦恼吗？如果你想给人注入希望，为什么要用这种永恒不变的黑暗之事来袭扰我们本来就千疮百孔的意志？呜呼，我们还很年轻，为什么不把死亡留给那些垂死的人去想呢？最起码，也是给那些五十岁以上的人出的题目吧。

哦，我回答。生命和死亡是如此如影随形，它们并不是像阿拉伯数字，有一个稳定的排列顺序，在 19 之后才是 20。它们是随心所欲、不按牌理出牌的，没有一个必然的节奏。要死死记住，这世界上没有任何人可以并且有能力向你承诺：你可以无忧无虑地活到某个期限之后才来考虑这个问题。死亡可以在任何地点、任何时间、不打任何招呼地贸然现身。

嘿，这世上有一些最重要的事情，不管你喜欢不喜欢，它们在生命的海洋里坚定地存在着。在某些特定的时刻，毫无征兆地掀起滔天巨浪。很遗憾、很确定的是——死亡就在这张清单中。

对于一个你生命中如此重要的归宿，你不去想，如果不是懦弱，就是极大的荒疏了。

古罗马的哲学家塞内加冷冰冰又满怀热情地说过：“只有愿意并准备好结束生命的人，才能享受真正的人生滋味。”

我们是必死的动物，又因为我们是高等的动物，所以，我们千真万确地知道这一点。否认死亡，就是否认了你是一个真正有脑子的人。你把自己混同于一只鸡或是一条毛虫。在这里，我丝毫没有看不起鸡和毛虫的意思，只是明白人与它们是不同的物种。

奥运会开幕式、闭幕式的时候，人人都害怕天公不作美、降下雨滴。如果甘霖洒下，尽管对于干旱的北京来说是解了渴，但那些精心排练的无与伦比的美妙场景就会大打折扣。人们在不断逼问气象学家那天晚上究竟会不会下雨的同时，也热切地寄希望于我们的高科技，可以将雨云催落他乡。

开幕式的时候，我正在墨西哥湾上航海。当我回到家中，查找到开幕式的报纸，果然看到报道，那一天晚上阴云奔突，为了防止在鸟巢上空降雨，有关部门发射了催雨的火箭，将水汽提前搅散，让那传说中的雨降在了别处。于是，亿万人才看到了鸟巢璀璨晶莹的完美夜景，听到激越躁烈的击缶声震荡寰宇。可见，催化剂这种东西的魔力，在于将一桶必然要爆炸的火药提前引动，使火药变得无害而可以忍受。它在某种程度上可以化腐朽为神奇，保障了最重要的阶段完整无缺。

思考死亡就是这样一种精神的催化剂，可以把人从必死的恐惧中升华到更高的生存状态——那就是兴致勃勃地生活。对于死亡的觉察，如同手脚并用地攀爬了一座高山。山顶上，一览众山小，使人不由自主地远离了山脚、山腰处万千琐事的凝视，为生命提供辽远、开阔和完全不同的视角。

你如果听了上述这些话，还是对探讨这个问题心有余悸，那么，在我束手无策之前，容我给你开一张空白的心灵支票吧：对于死亡的思考，可以拯救你生命的很多时刻。对死亡的关切，有可能让你的生命有一种灿灿金光。虽然随着岁月流逝，身体会不断枯竭，但精神能越来越健硕。

只是这张支票兑现的具体日期和数额，要由你自己来填写。谁都不能代替谁思考。不知你内心的恐惧还会持续多久？

有个女子说，她以前有一个习惯，就是从来都不彻底地完成一件事情。

本子总是用不完的，要留下几张纸；喝水会把底儿留在杯子里，美其名曰“有水根儿（就是水碱）”，喝了要得肾结石的，这借口虽明知荒谬，也还是一再重复着，哪怕是喝瓶装的纯净水，也绝不喝干；因为怕离别，她总会提早从聚会的场所离开，总能找到各式各样的理由让自己抽身，甚至吃饭的时候，都不会吃完，留下一口，并认为这是礼貌；打扫房间，也不会彻底，留下一个角落，说等下一次再来清洁吧。从小长辈就觉得她这是偷懒，说过无数次，她就是不改。

大家看到这里，也许会说，这不过是很多人都有的小毛病，充其量也不过是个说不上好也说不上不好的习惯。当然了，如果事情仅仅停留在这个阶段，也许人们都还能容忍，但是，每个人行事的规律，无论大事小事，内里其实都是惊人地相似。

这女子工作以后，无法在任何一个单位待到两年以上，总是不断跳槽，有时有明确的原因，有时自己也说不明白，好像完全找不到充分的缘由，只是突然想走就走了。冲动一起，是那样难以克制，似乎在逃避、躲避什么可怕的东西，唯有中断，才是出路。再后来，她连自己的婚姻也坚持不下去了，厌倦、恐惧和平淡，让她最终选择了放弃。

不过，这世界上好的男人，比起好的工作，似乎要少。况且就算是工作，如果那个单位满员，你也无法插入。婚姻更是具有鲜明的排他性。鹊巢鸠占，鹊就回不来了。她的主动退场，很快就让别的虎视眈眈的女子填补了空白。

当她意识到自己的前夫是多么难得的时候，金瓯已缺，丧失了恢复原状的可能。

她是如此苦恼，如此憔悴。在庞杂纷嚣的混乱之下，我一时也一筹莫展。如同面对一张沾满了蛛网的条案，纵横交错，不知道哪里才是混乱的支点。

关于漫长的谈话过程，我在这里就不赘述了，感谢她的无比信任。我后来才知道，匍匐在她内心的蜘蛛是自幼年就潜藏下的恐惧。她在非常幼小的时候连续失去亲人，棺材前摇曳的烛火、血肉模糊的尸身，都让她对终结的恐惧变得如此根深蒂固。这恐惧化身为“不要把事情做到底”的潜意识，如同魔咒，贯穿了所有岁月。她给自己定了一条规则，也算是“潜规则”吧——只有逃避结束，才能对抗死亡。

说到底，我们对于死亡的恐惧是会化装的，会以各种各样我们匪夷所思的模样乔装打扮出现。惧怕死亡就如同一根粗壮的藤，蜿蜒盘曲结着不同的瓜。也许是人际关系的不和睦，也许是做事的极端完美主义，也许是关键时刻的优柔寡断，也许是婚姻和感情的破坏与纷扰……如果你无法长久地保持安宁的心智，经常出现无法描述的悲伤或烦躁，很可能就是在死亡这个问题上没有直面的勇气。总之，对死亡的恐惧如同百变妖魔，有万千种表现手法。原谅我带一点武断地说，每一个无以解释的焦虑之梦背后，都是死亡之魔起舞的广场。

对此，最好的方式，就是在源头上把这件事搞清楚，从此不怕死，把死亡视为一个成熟的过程，有勇气饮尽生命的最后一滴甘露，之后从容安详地赴死，变成细碎虚空的分子，与宇宙合为一体。在这之前，有滋有味地生活。

死亡的过程对每一个人来说，都是一项崭新的学习体验。为什么你一定要一直想着你老了、老了？为什么要一次又一次踮起脚来张望归途？

有朋友曾经这样气恼地问过我，她觉得我不断地谈论死亡必将到来，让她噤若寒蝉。她说，你的文字通常是安详和温暖的，但那些关于死亡的论述夹杂其中，就像一些粗粝的贝壳碎片，会刺破手心的皮肤，让人淌血。

我说，既然死亡是一个规律，为什么不能讨论？既然归途本来就存在，为什么不能张望？为了保持我整个生命的质量，为了当我发白齿稀之时仍然能保有尊严和快乐，我就要提前下手了。如果你不快，那么我很抱歉。不过请原谅，我还是要这样做。

对于死亡的觉察，
如同手脚并用地攀爬了一座高山。
山顶上，
一览众山小，
使人不由自主地远离了
山脚、山腰处万千琐事的凝视，
为生命提供
辽远、开阔和完全不同的视角。

你是否需要预知今生的苦难

那天晚上，比尔请客。

比尔是美国外交部的官员，负责接待并安排我们在纽约的活动。比尔衣着朴素，脸上永远是温和厚道的笑容。当我们从纽约火车站出来的时候，看到的就是这种笑容。他帮我们推着沉重的行囊，在人群中穿行。当他护送我们到各地访问的时候，脸上也是这样的笑容。当我要离开纽约，担心一大堆资料无法带走的时候，又是比尔温暖的笑容帮我解决了难题，他答应为我将资料海运回中国。

比尔请我们在一个中餐馆用饭。比尔说这是纽约最好的中餐馆之一。比尔在中餐桌上是有发言权的，因为比尔的妻子是一个香港女性。这的确是我在美国吃的最好的中餐之一。

席间，聊到一个有趣的话题：人是否需要预先知道今生的苦难？

同桌的一位朋友说，他认为如果有可能，他愿意预知一生的苦难。理由是，凡事预则立，不预则废。知道了有什么坏处呢？没有。并不会因为你的预知，就让你的灾难变得更多或者减少，那么，你多知道一点，就对自己的人生多了一份把握，该是好事。

闷头吃饭的比尔，突然大叫一声：NO！

这是我唯一一次，在比尔的脸上看到的不是笑容，而是愤怒和凄楚。

当然，比尔的愤怒不是针对那位朋友，比尔放下筷子，对我们说：

很多年前，我和我的妻子，在香港抽签请人算命。那人是一个和尚，他看了我妻子的签说，你会早死。又看了我的签说，你会老死。

你们知道“早死”和“老死”的区别吗？自从听了那和尚的话，我的妻子就对我说，比尔，我会比你先死。因为我是早早死去，而你是老死，你要活很大的年纪。我说，你不要相信这话，那个人是胡说的。我会和你白头偕老，如果有个人一定要先死去，那就是我，因为你比我年轻。但是前不久，我的妻子生了喉癌。那是因为她年幼的时候，家中很穷困，没有菜，就吃咸鱼。咸鱼很小，有很多刺，鱼刺刺伤了她的喉咙。久而久之，就生成了癌症。

妻子走了，留下我，等着我的“老死”。

比尔说得非常伤感。朋友们缄默了许久，寄托对比尔妻子的深切悼念。我听出了比尔的话后面的话。很多年来，关于“早死”和“老死”的戏语，就盘旋在他们的头顶。他们本能地畏惧这朵乌云，乌云尖利的牙齿，咬破了他们最快乐的时光。每当幸福莅临的时刻，惴惴不安也如约袭来。因为他们太珍惜幸福，就越发迅疾地想到了那不祥的预言。如果他们不知道那命运的安排，如果当年没有那老和尚的多此一举，比尔和他妻子的美好时光，也许会更纯粹、更光明。

我不知道我想的是否符合实际，我也不敢向比尔求证。我把此事写到这里，是想再次问自己也问他人：我们是否需要预知今生的苦难？

大多数人是取席间的那位朋友的观点，还是像比尔一样说“NO”？

我站在比尔一边。不单是从技术层面上讲，我们无法预知今生的苦难，无法预知今生的幸福。就是有人愿意告诉我，把我一生的苦难，用了不同的簿子，将它们分门别类地列出，苦难用黑墨水，幸福用红墨水，一一书写量化。或者是轻声细语地娓娓道来，苦难用叹息，幸福用轻轻的笑声。想来，我也会在这种簿子面前闭上眼睛，在这种命运的告诫面前堵起自己的耳朵。生命是我自己的东西，甚至可以说是我仅有的东西，我不希望别人说三道四。我注重的是过程，在这个过程中，我感到自己的价值。我们可以预知的只是自己应对苦难和幸福的态度。此时此地，这是我们能掌握的唯一。知道了又怎样？不知道又怎样？生命正是因为种种的不知道和种种的可能性，才变得绚烂多姿和魅力无穷。

生命正是因为种种的不知道
和种种的可能性，
才变得绚烂多姿和魅力无穷。

人可以最大限度地逼近真实

朋友给我讲过这样一个故事。

他祖父小的时候很聪明，也很有毅力，学业有成，正欲大展宏图之际，曾祖将他叫了去，拿出一个古匣，对他说："孩子，我有一件心事，终生未了。因为我得到它们的时候，一生的日子已经过了一半，剩下的时间不够我把它做完了。做学问，就要从年轻的时候着手，我要是交给你一件半成品，不如让你从头开始。"

原委是这样的。早年间，江南有一家富豪，酷爱藏书。他家有两册古时传下的医书，集无数医家心血之大成，为杏林一绝。富豪视若珍宝，秘不传人，藏在书楼里，难得一见。后来，富豪出门遇险，一位壮士从强盗手里救了他

的性命。富豪感恩不尽，欲以斗载的金银相谢。壮士说，财宝再多、再贵重，也是有价的。我救了你，你的命无价。富豪说，莫非壮士还要取了我的命去？壮士大笑说，我不是要你的命，是想用你的医书救普天下人的性命。富豪想了半天，说，我可以将医书借给你三天，但是三日后的正午，你必须完璧归赵。说罢，命人从嵯峨的木制书楼里，将饱含檀香气味的医书捧了出来。

壮士得了书后，快马加鞭急如星火地赶回家，请来乡下的诸位学子，连夜赶抄医书。书是孤本，时间又那样紧迫，荧荧灯火下，抄书人目眦尽裂，总算在规定时间之内依样画葫芦地描了下来。壮士把医书还了富豪，长出一口气，心想，从此以后便可以用这深锁在豪门的医学宝典造福于天下黎民了。

谁知，抄好的医书拿给医家一看，才知竟是不能用的。医家以人的性命为本，须严谨稳当。这种在匆忙之中由外行人抄下的医方，讹脱衍倒之处甚多，且错得离奇，漏得古怪，寻不出规律，谁敢用它在病人身上做试验呢？

壮士造福百姓之心不死，急急赶回富豪家，想晓以大义，再请富豪将医书出借一回，这一次，请行家高手来抄，定可以精当了。当他的马冷汗涔涔到达目的地时，迎接他的是冲天火光。富豪家因遭雷击燃起天火，藏书楼内所有的典籍已化为灰烬。

从此这两册抄录的医书，就像鸡肋，一代代流传了下来。没有人敢用上面的方剂，也没有人舍得丢弃它。书的纸张黄脆了，布面断裂了，后人就又精心地誊抄一遍。因为字句的文理不通，每一个抄写的人都依照自己的理解，将它订正改动一番，闹得愈加面目全非，几成天书。

曾祖的话说到这里，目光炯炯地看着祖父。祖父说，您手里拿的就是这两册书吗？

曾祖说，正是。

祖父说，您是要我把它们校勘出来？

曾祖说，我希望你能穷毕生的精力让它死而复生。但你只说对了一半，不是它们，是它。工程浩大，你这一辈子，是无法同时改正两本书的。现在，你就从中挑一本吧。留下的那本，只有留待我们的后代子孙再来辨析正误了。

祖父看着两本一模一样的宝蓝色布面古籍，费了斟酌，就像在两个陌生的美女之中挑选自己的终身伴侣，一时不知所措。

随意吧。它们难度相同，济世救人的功用也是一样的。曾祖父催促。

祖父随手点了上面的那一部书。他知道从这一刻起，这一个动作，就把自己的一生同一方未知的领域，同一个事业，同一种缘分，牢牢地粘在一起。

好吧。曾祖把祖父选定的甲册交到他手里，把乙册收了起来，不让祖父再翻，怕祖父三心二意，最终一事无成。

祖父没有辜负曾祖的期望，皓首穷经，用了整整半个世纪的时间，将甲书所有的错漏之处更正一新。册页上临摹不清的药材图谱，他亲自到深山老林一一核查。无法判定成分正误的方剂，他采集百草熬药炼成汤，以身试药，几次昏厥在地。为了一句不知出处的引言，他查阅无数典籍……那册医书就像是一盘古老石磨的轴心，天文地理，古今中外，凡是书中涉及的知识，祖父都用全部心血一一验证，直至确凿无疑。祖父的一生围绕着这册古医书旋转，从翩翩少年一直变作鬓发如雪。

按说祖父读了这许多医书，该能成为一代良医。但是，不。祖父的博学只为那一册医书服务，凡是验证正确的方剂，祖父就不再对它们有丝毫留恋，弃而转向新的领域探索。他只对未知事物和纠正谬误有兴趣，一生穷困艰窘，竟不曾用他验证过的神方医治过病人，获得过收益。

到了祖父垂垂老矣的时候，他终于将那册古书中的几百处谬误全部订正完了。祖父把眼睛从书上移开，目光苍茫，好像第一次发现自己已走到生命的尽头。

人们欢呼雀跃，毕竟从此这本伟大的济世良方可以造福无数百姓了。

但敬佩之情只持续了极短的一段时间。远方发掘了一座古墓，里面埋藏了许多保存完好的古书，其中正有甲书的原件。人们迫不及待地将祖父校勘过的甲书和原件相比较，结果是那样令人震惊。

祖父校勘过的甲书，同古书完全吻合。

也就是说，祖父凭借自己惊人的智慧和毅力，以广博的学识和缜密的思维，加之异乎寻常的直觉，像盲人摸象一般在黑暗中摸索，将甲书在漫长流传过程中产生的所有错误全改正过来了。

祖父用毕生的精力，创造了一个奇迹。

但这个奇迹，又在瞬忽之间烟消灰灭，毫无价值。古书已经出土，正本清源，祖父的一切努力都化为劳而无功的泡沫。人们只记得古书，没有人再忆起祖父和他苦苦寻觅的一生。

讲到这里，朋友久久地沉默着。

古墓里出土了乙医书的真书吗？我问。

没有。朋友答。

我深深地叹息说，如果你的祖父在当初选择的那一瞬间挑选了乙书，结果就完全不一样了啊。

朋友说，我在祖父最后的时光也问过他这个问题。祖父说，对我来讲，甲书乙书是一样的。我用一生的时间说明了一个道理，人只要全力以赴地钻研某个问题，就有可能最大限度地逼近它的真实。

祖父在上天给予的两个谜语之中随手挑选了一个。他证明了人的努力可以将千古之谜猜透。

这已经足够。

人只要全力以赴地钻研某个问题，
就有可能
最大限度地逼近它的真实。

如果你从不出错，这是一个悲剧

如果你从不出错，这是一个悲剧。一是自己太累，二是你周围的人会视你为怪物。让自己在无伤大雅的时候出一点小差错，不会暴露出你的无能，只会彰显出你的可爱。

太多的女人是完美主义者，比如她们不能忍受自己的饭菜咸了或是淡了，因此会耿耿于怀。比如她们不能接受自己好不容易挑选的百货，在另外一家卖场，居然看到了更便宜的价签。她们力求把最小的事也完成得完美无瑕。如果有了瑕疵，就会耿耿于怀、闷闷不乐，长久地沉浸在遗憾之中，小事都如此，大事可想见她们是如何锱铢必较、精益求精。结局是百密一疏，总有纰漏。这世上本没有十全十美之事，就算有，也未必次次都宠幸于你。于是此类女子，就无法享有片刻的彻底放松。

如果你意识到自己是一个完美主义者，如果你想改正，我教你一个小方法，那就是卖个破绽与你。早年间，看中国的旧式小说，两军交战，常常是武艺高强的那一方，却抵挡不过武艺稍差的那一方。文中会写道："卖个破绽与他，拍马便走……"那之后，往往有一番密谋的周旋。卖个破绽，就是明显地示弱了。

有完美主义倾向的女子，刚开始改正这个毛病的时候，其实挺痛苦的。这就好比原本可以吃三碗饭，却吃了一碗就放下筷子，心里发虚。改正缺欠，不但需要意志顽强，也需要循序渐进。在一些不甚重要的事上，先放手，容忍缺憾和不足，这也是让自己从完美主义泥潭中拔出脚来的奠基石。

记住啊，示弱就是你破除自己完美魔咒的一个小裂口。示弱之后，你会发现，做一个不完美的人是需要勇气的，也是有乐趣的。因为，世界本来就是不完美的，我们不过是顺势而为。

所有的动力都来自内心的沸腾

一个人躺在地上，如果他不想起来，那么十个人也拉不起他来，即使起来了也马上会趴下。

所有的动力都来自内心的沸腾。如果你做不到一件事，无论是搞好关系，还是寻找爱人，还是减肥，都是因为你还没有真正想做。

这是一个很有意思的心理小游戏。来，纠集起十来个人，然后找一个人来扮演那个躺在地上的人，不用找体重特别沉的，那样容易影响咱们这个游戏的真实感。请这位朋友赖在地上，大家用尽全力把他拽起来……

我见过三十来个人都拉不起一个人的，我本来在上文中想写这个数字，但又怕大家觉得太夸张了，就写了十来个人，这是千真万确的。只要你不想起来，没有人能把你拉起来。心理上的问题也是一样，只要你没有想通，只要你不是真的心服口服，那么所有外界的努力都是劳而无功的。

女子当了妈妈，对待自己的孩子时，要记得这个游戏。他虽然小，也有自己的独立意志，你要把道理给他讲清楚，而且要让他明白这样做的目的是什么。有人会觉得孩子还小，没必要讲那么多。可是，成长是一个逐渐发生的过程，你不能在一颗幼小的心里，种下强权的种子，以理服人而不是以力服人，这是要从小就养成的习惯。

你举目四望，很容易就能发现：很多人的生理和生物上的需求得到了满足，但他们仍然不满意，奔突不止，躁动不安，缺少一种能使他变得生机勃勃的动力，缺乏稳定祥和。像这样缺乏主动性的生活，无论表面上多么风光，都是不值得羡慕的。

那种使自己变得生机勃勃的动力是什么呢？谁来回答你呢？谁来帮你寻找呢？谁为你一锤定音？没有别人，只有你自己。只有当理想的光芒照耀着我们，而且它和广大人群的福祉相连，我们才会有大的安宁和勇气。

你可曾体会种子的疼痛？那种挣开包裹自己的硬壳，顶出板结的土壤的苦难，对一粒柔弱的芽来说，可说是顶天立地的壮举。一个人觉醒时的力量，应该大于一颗种子啊！

有些人把梦想变成现实，有些人把现实变成了梦想。关键是，你的梦想是什么？你为你的梦想做了什么？

有梦想就不会寂寞，当你寂寞的时候，只要招招手，你的梦想就飞到了身边。剩下的事，就是琢磨怎样把梦想变成行动了。

有梦想就不会寂寞。

指纹间的菌落

那时我是一个年轻的实习医生。在外科做手术的时候，最害怕的是当一切消毒都已完成，正准备戴上手套，穿上洁白的手术衣，开始在病人身上动刀操练的时候，突然从你的身后，递过来一只透明的培养皿。护士长不苟言笑地指示道，你留个培养吧。这是一句医学术语，翻成大众的语言就是——用你已经消完毒的手指，在培养基上抹一下。然后护士长把密闭的培养皿送到检验科，在暖箱里孵化培养。待到若干时日之后，打开培养皿，观察有无菌落生长，以检查你在给病人手术前，是否彻底消毒了你的手指。如果你的手不干净，就会在手术时把细菌带进腹腔、胸腔或是颅脑，引起感染。严重时会危及病人的生命。

我很讨厌这种抽查。要是万一查出你手指带菌，多没面子！于是我消毒的时候就格外认真。外科医生的刷手过程，真应了一句西谚：在碱水里洗三次。先要用硬毛刷子蘸着肥皂水，一丝不苟地直刷到腋下，直到皮肤红到发痛，再用清水反复冲洗，恨不能把你的胳膊收拾得像一根搓掉了皮、马上准备凉拌的生藕。然后整个双臂浸泡在百分之七十五的酒精桶里，度过难熬的五分钟。最烦人的是胳膊从酒精桶里拔出后，为了保持消过毒的无菌状态，不能用任何布巾或是纸张擦拭湿淋淋的皮肤，只有在空气中等待它们渐渐晾干。平日我们打针的时候，只涂一小坨酒精，皮肤就感到辛凉无比。因为酒精在挥发的时候，带走了体内的热能，是一种强大的物理降温过程。现在我们的上肢大面积裸露着，假若是冬天，不一会儿就冻得牙齿鼓点一般叩个不停。

更严格的是，在所有过程中，双臂都要像受刑一般高举着，无论多么累，都不能垂下手腕，更严禁用手指接触任何异物。简言之，从消毒过程一开始，你的手就不是你的手了，它成了一件有独立使命的无菌工具。

我的同学是一位漂亮女孩，她的手很美，鸡蛋清一般柔嫩，但在猪毛刷子日复一日的残酷抚摸下，很快变得粗糙无光。由于酒精强烈的脱脂作用，手臂也像枯树干，失去了少女特有的润泽。“单看上肢，我都像一个老太婆了。”她愤愤地说。

以后的日子里，她洗手的时候开始偷工减料。比如该刷三遍，她一遍就草草过关。只要没人看见，她就把白皙的胳膊从酒精桶里解放出来，独自欣赏……有一天，我们正高擎双手，像俘虏兵投降一样傻站着，等着自己的臂膀风干时，她突然说，我的耳朵后边有点痒。

这是一件小事，但对于此时的我们来说，却是一件很难办的事。消过毒的手已被管制，我俩就像卸去双臂的木偶，无法接触自己的皮肤。按照惯例，只有呼唤护士，烦她代为搔痒。因手术尚未开始，护士还在别处忙，眼前一时无人。同学说痒得不行，忍不了。我说，要不咱们俩像山羊似的，脑袋抵着脑袋，互相蹭蹭？她说，我又不是额头痒，是脖子下面的凹处，哪里抵得着？我只好说，你就多想想邱少云吧。同学美丽的面孔在大口罩后面难受得扭歪了。突然，可能痒痛难熬，她电光石火地用消过毒的手，在自己耳朵后面抓了一把。

我惊愕得说不出话来，几乎不相信自己的眼睛。正在这时，护士长走了进来，向我和同学伸出了两个细菌培养皿……

其实事情到这个份上，还是可以挽救的。同学可以直率地向护士长申明情况，说自己的手已经污染，不能接受检验。然后再重复烦琐的洗手过程，她依旧可以正常参加手术。但她什么也没有说，哆哆嗦嗦地探出手指，在培养基上捺了一下……那天是一个开腹手术，整个过程我都恍惚不安，好像自己参与了某种阴谋。

病人术后并发了严重的感染，刀口溃烂腐败，高烧不止，医护人员陷入紧张的治疗和抢救。经过化验，致病菌强大而独特。它是从哪里来的呢？老医生不止一次面对病历自言自语。过了几天，手术者的细菌培养结果出来了，我的同学抹过的培养基上，呈现出茂密的细菌丛，留下指纹状的菌落阴影，正是引致病人感染的险恶品种。

那一刻，我的同学落下一串串眼泪。由于她的过失，病人承受了无妄之灾。她的手在搔痒的时候，沾染了病菌，又在手术过程中污染了腹腔，酿成他人巨大的痛苦。

病人的命总算挽救回来了，但这件事被我牢牢地记在心里，不敢忘怀。

随着年岁渐长，我从中悟出了许多年轻时忽略的道理。

首先是感染和腐败几乎是一种必然。牛奶放在那里，不加温不冷冻，随它去，就一定会变酸发臭。没有特殊的防腐措施，想在常温下保持牛奶的新鲜品质，是痴人说梦。铁会生锈，木头会腐烂，水面布满青苔，密闭的房屋长毛生霉，空气发出臭鸡蛋的味道……腐败几乎是无处不在，见缝下蛆。我那个同学只用手搔了一下耳后，千真万确，仅此一下，病菌潜伏到了她的手上，播种到手术刀口里，就引发了恶劣后果。细菌的生命力和感染力，真是不可思议地强大，任何侥幸心理都是万万要不得的。

其次是防感染和腐败的措施，只要认真执行，是一定有效的。凡是认真执行了刷手要诀的人，每次细菌培养就都是阴性，他们的手术后感染率几乎是零。感染和腐败不是不可战胜的，只要有了切实可行、行之有效的措施，严格地执行用鲜血换来的经验教训，腐败和感染就可以被制伏。

再次是同样的致病菌，每个人的抵抗力不同，结局也就有天壤之别。潜伏在同学耳朵旁的细菌，肯定已在她身上生存多时，相安无事。可是移植到了病人身上，就引发了骇人的后果，盖因彼此的身体素质不同，结果也就因人而异。同学是正常人，有良好的防御系统，所以病菌伤害不了她。但开刀的病人就不同了，自身抵抗力薄弱，雪上加霜，差点要了性命。当然我这样说，并不是要求病榻上的人要有运动健将一般的体魄，只是说加强自身的防御系统，是抵御病菌最有效的武器。一个人遭受细菌的感染不可避免，但有了足够的准备，即使敌人侵入，也可以在最短的时间内将其歼灭。

最后是要找到一个黄金般的点。应该说抗感染的杀菌药物是十分有效的，医生把致病的细菌培养出来，它就成了靶子。把各种抗菌药物，以不同的浓度加到培养皿里，观察哪种药物杀菌最有效，然后对症下药，把病菌最敏感的药物压下去，力争在最短的时间里，取得胜利。记得老医生总是很仔细地计算用药的剂量，根据病情，反复测算。我看得不耐烦，说搞这么复杂干什么，不是治病救人吗，当然剂量越大效果越好。老医生说，任何药物都是有毒性的，正是为了治病救人，才要找到一个最恰当的剂量，既干净彻底地消灭了病菌，又最大限度地保护、挽救病人，这是一门艺术。一个好医生的职责，就是要找到这个像黄金分割率一般宝贵的结合点……

我记住了他的话，但更深刻地领悟它，却是在年岁渐长，看到了许多医学领域以外的问题之后。

病菌和微生物向我们撒下天罗地网，由它们引致的感染与腐败，每日每时都在发生。和形形色色的腐败菌做斗争，也许将贯穿经济和政治生活的整个历史。我们将会有更优秀的医生，我们将会有更强大的药品，我们将会有更严格的消毒手段，但加强自身的抵抗力，永远是最重要的。在旷日持久的战斗中，不断地完善自己、修复自己，人类才会保持蓬勃的生命力，欣欣向荣。

不要总想表现得比实际情况要好

当你企图在两个不同的自我之间游走时，你在生活中的形象就变得复杂混乱，你面临的形势也更加琢磨不透，甚至你的身体也无所适从了。

我们总是希图表现得比我们实际的情况要好些。好比我们小的时候，如果有客人要来，我们会被父母要求："你要乖一些啊！"等到客人走了，父母会说："好了，现在你可以放松一下了。"这些都是很平常的话，却在不知不觉当中留存了一个印象——你要在某些特殊的场合和人物面前，努力表现得比你实际拥有的状况更好。

什么是更好呢?

就是按照世俗的标准，我们要更聪明、更好学、更勤劳、更大度、更幽默、更有责任感、更勇敢……还可以举出更多的“更”，总之，就是比你本人更完美。

这个主观动机可能并不是太坏。爱美之心，人皆有之嘛！

不过，这就形成了一个习惯。我们把一个不真实的自我呈现在别人面前，并以为这才是可爱的，才是有价值的。而那个真实的自我，则是上不得台面的残次品，是应该被掩藏和遮盖的。

这就是自我形象的分裂。我们不喜欢真实的自我，我们把一个乔装打扮的“假我”拿给大家看。当这个“假我”被人欢迎和夸赞的时候，我们一方面沾沾自喜，觉得自己成功地扮演了一个角色，而这个角色就是别人眼中的“我”。另外一方面，我们的自卑加重了，我们知道外界的评价都是给予那个不存在的“我”，真实的我反倒像灰姑娘一样，躲在角落里捡煤渣。长久下去，我们就变成了一个分裂的人。

这种现象比比皆是，比如我们常常听到女性朋友说，结婚以后，他的真面目暴露出来了，我几乎不敢相信现在的他和结婚前的他是同一个人。

也有的领导会说，这个人是我招聘的，当时看他十分勤快，想不到真的走上岗位以后，却非常懒惰，毫无工作的主动性。

以上这两个例子，最后是以离婚和炒鱿鱼作结。可见，伪装的自我，可以骗人一时，却不能矫饰久远，最后吃亏的还是你。

如果你觉得真实的自我还不够完善，那么最好的方法，是让自己渐渐变得完善起来，而不是敷衍、遮盖或欺骗。那样的话，自己很辛苦不说，离完美也越来越远。再有，天下的人都不是傻子，你装得了一时三刻，却没有办法永远生活在一个不属于你的光环之中。一旦被人家识破，你被减分更多。

我年轻的时候，心其实很累，因为总想表现得比自己真实的状态更好一些，便不由自主地要作假。明明不快乐，怕被人看出，以为是思想问题，就表现出欢天喜地的兴奋。对领导有意见，怕领导对自己看法不良，影响进步，就故意在领导面前格外卖力地工作。其实，那时彼此的不融洽，心知肚明。在会议上有不同意见，因为判断出自己是少数，就放弃主见随大流，默不作声……凡此种种，以为是老练的举措，都让我做人辛苦，不胜其烦。

后来，我终于明白了，要以自己的真实面目示人。没有必要取悦他人，没有必要委屈自己。这样做了以后，我本以为机会一定要少很多，因为抱定了破釜沉舟的决心，只求这一生做一个真实的自我，付出代价也认了。不想，却多了朋友，多了机缘。

思来想去，原来大家都更喜欢真实的东西。你真实了，自己安全了，也让他人觉得安全，机遇反倒萌生。从此，竭力真实。不但自己省力、省心，节省出的能量可以做更多的事情，而且成功的概率也高了起来。

以自己的真实面目示人。
没有必要取悦他人，
没有必要委屈自己。

抵制“但是”

但是——是我们常常用到的一个词。我们原来有一个领导，就因为太爱使唤这个词了，外号就叫“老但”。

“但是”的意思，主要是做连词，好像那把皮坎肩的碎皮子缀在一处的彩色丝线。多用在一句话的后半截，表示转折语气。

比方说：你这次的考试成绩不错，但是——不能骄傲自满。

比方说：这地方的风景挺优美的，但是——离城里太远了点。

比方说：这女孩身材相当好，但是皮肤太黑了些。

等等。

我不知道“但是”这个词刚发明的时候，是不是对它的前半部和后半部的分量一视同仁？也就是说，它只是一个公平的纽带，并不偏着谁向着谁。可惜在长期的运用过程中，“但是”这个词，成了类似音乐简谱中附点的标记，把后面半拍的节奏，挪到前面去了。当人们看到这个词的时候，无论在“但是”的前面，堆积了多少美好的说明，都像碰上盐酸的污垢，冒了些泡沫，就没了踪影。人们记住的总是“但是”后面的转折，如同好不容易爬上高坡，还没来得及喘口气，“但是”这个陡峭的下坡，不由分说把你掳住，一下就滑到了谷底。

于是，“但是”就几乎成了贬义的先兆。只要一出现，气氛就大变。它成了把人心捆成炸药包的细麻绳，成了马上有冷水泼面的前奏曲。“但是”让你打了个激灵，立马把“但是”前面的温暖忘了，只有抖擞起精神，准备迎击扑面而来的顿挫。

“但是”便在这种频频警戒的气氛中，削减了平凡的联结之意，增添了沮丧的灰色意味。

其实，所有的光明都有暗影，“但是”的本意不过是强调事情还有另一方面。可惜日积月累的负面暗示，使得“但是”这个预报一出现，就抹去了喜色，忽略了成绩，轻慢了进步，贬斥了攀升。

一位心理学专家讲学时说，她主张大家从此不用“但是”，而改用“同时”。

比如，我们形容天气的时候，早先是这样说：今天的太阳很好，但是风很大。

今后可以改成：今天的太阳很好，同时风很大。

当你最初看这两句话的时候，好像没有多大的分别。你不要急，轻声地多念几遍，那分量和语气的差异，就体味出来了。

但是风很大——会使人的情绪向糟糕那一面倾斜，注意力凝固在不利的因素上。觉着太阳好是件不值得太高兴的事情，风大才是关键。借助了“但是”的威力，风就把阳光打败了。

同时风很大——它更中性和客观，好似一个导游小姐，在指点我们注意了某一种情形之后，又把她手中的金属棒，向另一个方向示去。前言余音袅袅，后语也言之凿凿。不偏不倚，公允而平整。它使我们的心神安定，目光精准，两侧都观察得到，头脑中自有定夺。

一词之差，它的背后，是怎样看待世界和自身。

我们绝不文过饰非，也不夸大其词。好比是花和虫子，一并存在。我们的眼光降落在哪里?

降落在花丛中?降落在虫背上?

“但是”，是一面偏光镜，把我们的目光聚焦在虫子上。花园里花朵很美丽，“但是”把虫子的影子放大。

“同时”，是一个透明的水晶球，把我们均衡地分散在两方面。花园里花朵很美丽，“同时”，它也提示尚有虫子。

“但是”和“同时”，谁更持重和完整，更有利于我们对客观事物的评价和对主观判断的把持，想必会有公论。

如此讨论，仿佛和一个简单的连词过不去，有悖恕道。不过，这不单是如何连接上下两句话的问题，在词的背后隐伏着思维方式。

当我尝试着用“同时”代替“但是”以后，一天两天，似也看不出多大的变化。可时间长了，我发现自己多了勇气，因为我的精神得到了补给和呵护。我发现自己对人友善，因为我更明确地发现了他人的长处和优异。我发现自己较为敏捷地从跌倒的地上爬起，因为我看到了沟坎也看到了辙印。我发现自己多了宽容和慈悲，因为每当我意识到不足的时刻，都同时给自己鼓励。

图书在版编目（CIP）数据

孤独是灵魂的必修课 / 毕淑敏著 .—北京 : 北京联合出版公司 , 2018.5 （2018.10 重印）
ISBN 978-7-5596-1806-1

Ⅰ . ①孤… Ⅱ . ①毕… Ⅲ . ①散文集－中国－当代
Ⅳ . ① I267

中国版本图书馆 CIP 数据核字 (2018) 第 044745 号

孤独是灵魂的必修课

作　　者：毕淑敏
责任编辑：徐　樟
内文设计：沐希设计

北京联合出版公司出版
（北京市西城区德外大街 83 号楼 9 层 100088）
北京盛通印刷股份有限公司印刷 新华书店经销
字数：166 千字 700mm×980mm 1/32 印张：7.5
2018 年 5 月第 1 版 2018 年 10 月第 2 次印刷
ISBN 978-7-5596-1806-1
定价：46.00 元